행복한 장수

이소영

행복한 장수

펴 낸 날 2025년 9월 30일

지 은 이 이소영
펴 낸 이 이기성
기획편집 최인용, 서해주, 권희연
표지디자인 최인용
책임마케팅 이수영, 김정훈
펴 낸 곳 도서출판 생각나눔
출판등록 제 2018-000288호
주　　소 경기도 고양시 덕양구 청초로 66, 덕은리버워크 B동 1708, 1709호
전　　화 02-325-5100
팩　　스 02-325-5101
이 메 일 bookmain@think-book.com

• 책값은 표지 뒷면에 표기되어 있습니다.
ISBN　　979-11-7048-710-4(03810)

행복한 장수

생그나눔

長壽

이소영 에세이

생크나눔

목 차

제1장

꿈과 목표

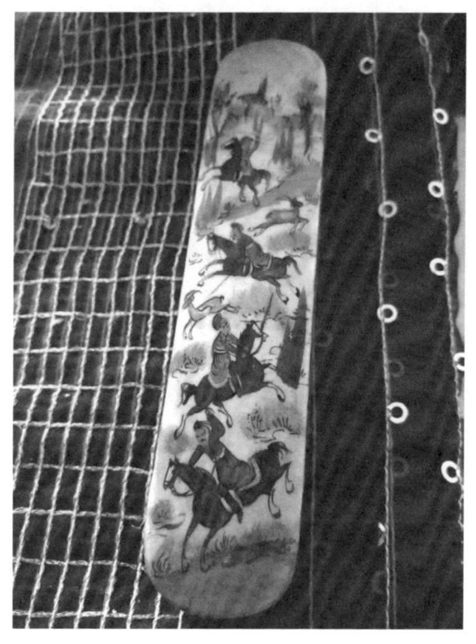

이란 여행 기념품 사진

　　부모님은 6.25 전쟁 때 대전으로 피난 와서 양쪽 집안 어르신들의 소개로 10대 중반에 만났고 10년 정도 친구로 지내다 연애결혼해 1964년 나를 낳았다.

태어난 지 3년 후 큰이모부가 일본을 다녀오셨다. 아들만 넷인 큰이모는 딸처럼 나를 예뻐했고 엄마가 남동생을 출산한 짧은 기간 동안 양육해 주시며 뜨개질을 직접 해서 옷을 만들어 주실 만큼 많이 사랑해 주셨다. 아마도 딸이 없다 보니 딸처럼 나를 길러 주신 거 같다. 이모부가 일본 출장에서 돌아온 그날, 안방의 모습이 기억에 아주 생생하다. 이모부를 둘러싸고 우리 모두는 일본에서 가져온 물건 하나하나를 구경하고 있었다.

태어난 후 최초로 내 눈을 사로잡은 물건이 있었으니 다름 아닌 만화 캐릭터가 그려져 있는 2층 자석 필통이었다. 이모부가 오빠들에게 필통을 나눠주고 있었고 드디어 내 차례가 오고 있었다. 설레는 마음으로 기다리고 있었는데 내 몫의 필통은 없었고 그 순간 서운했던 마음이 평생 잊히지 않는다. 그렇다고 해서 이모부에게 섭섭한 감정이 있었던 것은 아니다. 3세 갓난아이가 자석 필통을 가지고 싶어 할 거라는 것을 상상이나 할 수 있었을까?

어여쁜 필통과 함께 일본이라는 다른 나라가 있다는 것을 인식하게 되었다. 그 나이에 처음으로 나라라는 개념이 들어왔고 '의식'이 생겨난 것이다. 의식이란 '나와 세계에 대한 인식'이니 말이다.

5세 즈음 엄마에게 어떤 나라가 있는지 물으니 어느 날 세계 지도를 사와 내 눈에 펼쳐주었고 그렇게 세계여행이라는 꿈이 내게로 왔다. 그 이후로 내 모든 인생의 과정은 세계여행에 초점을 맞추며 살아왔다 해도 과언이 아니다. 엄마가 늘 즐겨보던 주말의 명화, 명화 극장을 통해 미국이라는 나라가 있음을 알게 되었고 초등학교 입학 전 사다 준 세계명작동화 100권 시리즈를 읽으며 유럽 여행에 대한 동경이 커져 갔다. 이런 이유로 내 세계여행은 유럽(91년), 일본(93년), 미국(97년) 순이 되었다. 그리고 20년 동안 세계여행하다 집으로 돌아올 때는 늘 겸손해졌고 소유욕이 줄어들었다. "우리는 모두 잠깐 스치고 머무는 여행자이다."

여러분의 꿈은 무엇인가?

꿈이란 현재에는 불가능한 것처럼 보이기도 한다. 내가 60년대에 세계여행이 꿈이라고 말할 때 동네 아이들은 먹는 것과 집단 놀이에 열중해 있었다. 그러나 초등학교에 들어가서 세계여행이 꿈이라 말하면 비범하다며 응원과 격려를 해주는 선생님들이 있었다. 선생님들의 권유로 대전 시내로 전학해 중3 때 미국인 교수를 우연히 만나 영어로 듣고 말하기에 흥미를 가지기 시작했다. 고1 미술 선생님이 여름 방학 때 유럽에 다녀온 후 수업 시간에 슬라이드로 만들어 보여주던 그날에 세계여행의 꿈이 시작될 순간이 가까이 오고 있음을 느끼며 설렘으로 심장이 뛰었다.

86년이었나? 남동생이 대학교 2~3학년 즈음 호주로 영어 연수를 갔다. 2년 후 호주에서 돌아온 동생으로부터 영향을 받아 나도 직장을 그만두고 영국으로 가 영어 연수를 하고 몇 개월간 유럽 여행을 했다. 그렇게 내 꿈이 이뤄지고 있었다.

꿈이 없는 인생은 한평생 욕망을 따르다 권태와 탐욕에 이를 수 있고 욕망의 노예가 되기 쉽다. 꿈이 내 인생의 뿌리가 되고 그 꿈을 이루는 과정 자체가 행복이 되는 것이다.

어린 시절 세계여행이 꿈이 되었을 때나 그 꿈을 이루기 위해 영어가 가장 가까운 친구가 되고 영어를 통해 수많은 친구들을 전 세계에서 만나고 세계여행을 계획하며 설레는 마음과 세계여행을 하면서 느끼는 희열과 여행에서 돌아와 그 순간들을 추억으로 되새기며 그리워하는 그 모든 시간 자체가 '행복한 꿈'이었다. 60년 행복한 꿈을 이루는 여정 자체가 행복이었고 환갑을 맞아 책을 쓰고 출간하게 되어서 더욱더 행복하다.

40대 세계여행 많이 다닐 때 세계여행기를 써서 책으로 내는 것이 어떠냐는 권유와 제안을 많이 받았으나 여행기를 쓰기보다는 환갑이 되면 인생 전체를 총정리하고 마무리하는 책을 출간하는 것이 더 좋겠다 생각했고 드디어 환갑을 지나가면서 이를 실천 중이다.

40대 중반 3년 정도 쉬면서 국내 여행을 많이 할 때 많은 젊은 친구들을 만났다. 그들이 나에게 질문했던 것들과 내가 그들에게 조언해 주었던 많은 주제들을 가지고 젊은 친구들에게 편지를 쓴다는 마음으로 쉽고 진솔하게 쓰려고 노력했다. 이 책을 통해서 만난 우리의 인연이 많은 선한 마음들과 연결되어 더 선한 영향력으로 넓게 멀리 퍼져나가 우리 사회가 마음이 따스하고 넉넉한 행복 사회가 되었으면 하는 바람이다.

젊은 친구들에게는 자기 인생길을 찾기 위한 좋은 이정표가 되길 바란다. 남이 가는 길로 똑같이 가서 집단 경쟁하지 말고 나만의 인생길을 개척하자! "내가 가면 길이 되고 그렇게 인류는 진화한다."

여러분의 꿈은 무엇입니까? 쓰고 그려보세요.

📚 2. 목 표

        나만의 인생 목표가 있어야 남의 시선이나 평가에 좌우되지 않고 자신의 행복을 만들 수 있다. 목표가 없으면 지나친 비교 경쟁으로 불안한 삶이 되기도 하므로 목표 관리가 중요하다.

단기, 중기, 장기 목표를 세우고 모든 과정에서 최선을 다하여 목표를 이루어야 한다.

세계여행의 꿈을 이루기 위해서 젊은 시절 이 3개의 목표를 세워 모든 계획들을 실천하면서 최선의 노력을 다했다.

(1) 건강해지기

건강해지기가 1차 목표였던 이유는 태어난 지 몇 년 안 되어서 모든 내장 기관이 허약하게 태어난 것을 알게 되었기 때문에 초등학교에 들어가자마자 도서관에 들락거리며 우리 인체에 대한 책을 즐겨 읽었고 과학실에 가서 인체 해부 모형을 보며 각각의 인체 기관들이 어떤 기능을 가지고 역할

하고 작동하는지를 스스로 공부했다.

그 다음에는 엄마가 차려준 밥상에서 어떤 것들이 소화가 잘되는지, 안되는지를 알아 소화되기 쉬운 음식물을 주로 먹고 안되는 음식은 최소로 먹었는데 그것이 '쌀'이었다.

추측하기에 나의 DNA와 아주 비슷한 조상이 알타이에서 쌀이 잘 생산되지 않는 중국 북부로 해서 한반도로 들어온 듯하다. 우리나라 사람들은 각각 다른 곳에서 이동해 와 한반도에 정착했기에 조상들이 먹던 음식이 각각 다르다. 자기 조상들이 전혀 먹지 않았던 먹거리는 절대 먹지 말아야 하고 즐겨 먹지 않았거나 늦게 먹기 시작한 음식물은 소화 분해효소가 부족해 완전 소화 분해가 안 되므로 최소로 먹는 것이 좋다.

나는 '쌀밥과 생 야채'가 소화 분해가 잘 안 되었다. 쌀에서 소화가 어려운 것은 전분이고 소화 분해 되기까지 긴 시간이 걸리므로 일단 입안에서 오래 씹은 후 삼키는 것이 좋다. 야채에서 소화 분해가 어려운 것은 섬유질이므로 국으로 만들어 먹거나 기름에 볶아 먹는 것이 좋다.

과거에 농경민들은 육체노동을 많이 했기에 쌀이 주요한 에너지 공급원이었다. 그러나 현대인들은 육체노동을 훨씬 덜 하므로 쌀 섭취를 줄여야 하고 특히 혈당이 높은 사람은 더 많이 줄여야 한다.

쌀이 잘 소화 분해가 안되는 것을 모르고 밥을 매일 먹었다면 단명했을 수도 있다. 나에게는 밥과 야채가 소화 분해 흡수가 어려운 음식이지만 여러분은 각각 다를 수 있다. 그것을 찾아내어 덜 먹는 노력이 필요하다. 밥은 조금 먹어도 상관없는데 야채와 과일은 무기질과 비타민을 섭취하기 위해 반드시 먹어야 하나 자기 조상이 먹지 않은 과일은 안 먹는 것이 좋다. 어린 시절 야채가 맛도 없고 소화가 안 되다 보니 거의 안 먹었다. 그러던 어느 날 등에 종기가 생겨 동네 한의사 할아버지를 찾으러 갔다. 그분은 돈에 별로 관심이 없어 보이는 하얀 수염을 길게 기르신 도인과 같은 분이셨다. 등에 종기를 보이며 왜 그런 거냐고 묻자 야채를 안 먹어서 그렇다 하셨다. 야채를 안 먹으면 염증이 생기기 쉬우니 맛없어도 한평생 의무로 매일 먹으라고 하셨고 평생 이를 실천하고 있었는데 2~3년 전 폐경 후 식욕이 떨어지다 보니 야채가 너무 맛이 없어서 먹지 않았다. 그랬더니 건강이 안 좋아져서 요즘은 다시 잘 챙겨 먹고 있다.

식습관 다음으로 건강해지기 위해서 한평생 노력한 것은

좋은 운동 습관 만들기였다. 초등학교 들어가기 전 아이들과 뛰어놀다가 구토를 하고 잠깐 기절한 후 깨어났다.

그 이후로는 달리기는 하지 않다가 심폐 기능이 약간 좋아지고 나서야 운동회에서 달리기는 할 수 있었는데 늘 꼴찌였으나 완주는 했다.

동병상련의 심정이 되어 공부 꼴찌를 응원하게 되었고 한평생 공부 꼴찌들과도 잘 어울렸으며 남편도 첫마디가 "나는 공부는 꼴찌지만 운동, 스포츠는 아주 잘해"였다 그는 나에게 볼링을 가르쳐주고 나는 그에게 스키를 가르쳐주며 친구가 되었고 다양한 운동, 스포츠를 10년 동안 함께 즐기다가 결혼을 했다.

어른이 되어서 왜 기절했다 깨어났는지 생각해보니 심폐 기능이 허약한 내가 갑자기 빨리 뛰다 보니 심장에 열이 나서 심장마비를 막기 위해 액체를 배출시켜 심장의 온도를 내려 죽을 고비를 넘긴 듯 하다. 엄마는 걱정하시며 방에서만 놀게 했는데 나는 그럴 수만은 없다고 생각했다. 가벼운 운동부터 시작해 평생 운동을 하여 건강해지고 싶어 했다. 그래야 세계여행을 잘할 수 있다고 판단했기 때문이다. 엄마는 어떤 운동을 시키면 좋을까 생각하다 무용이 좋겠다 결정하

고 선생님들을 만나 상의를 하고 무용반이 꾸려져 2학년 내
내 무용을 했고 심폐 기능이 향상되면서 3학년부터는 다른
운동도 할 수 있었다.

무용
(중앙에 검은색 옷 입은 분이 엄마이고 그 앞이 필자이다)

(2) 영어 유창하게 잘하기

세계여행을 잘하기 위해서는 영어 유창하게 하는 것이
필수라 생각했다. 중학교 입학 전 겨울 방학에 학교 근처
YMCA에서 특강 광고를 보았는데 '영어 동요 부르기'였고 노
래를 즐겨 부르던 나는 그 강좌를 등록했다.

1월 연휴 다음날(1970년대에는 1월 초 3일간 설날 연휴) 아침 일찍 집을 나서는 나에게 엄마는 추운 날씨에 어디 가느냐 물었다. 영어 동요 부르기 강좌에 등록했다 했더니 겨울 방학에는 집에서 쉬는 것이 좋다 하셨다. "영어를 잘해야 세계 여행을 잘할 수 있지"하며 나는 대전 시내로 향했다.

교장 선생님과 5학년 담임 선생님(그분은 나에게 1년 동안 무료로 서예를 가르쳐 주셨다.)이 주도하고 여러 선생님들이 대전시로 전학할 것을 강력하게 권유해(회덕초등을 다니고 있었다.) 6학년 부터는 새벽 5시에 일어나 한 시간 정도 비포장도로로 달리는 버스로 통학하고 있었는데 큰 병이라도 날까 전학을 반대했던 엄마는 외할머니의 설득으로 전학을 시켜야 했고 매일 새벽 대전 시내로 향하는 딸의 강한 의지를 꺾지 못했다.

엄마는 하나님이 나의 앞길을 열어 주시고 꿈을 이루게 해 주실 것이니 믿으라고 했다. 나는 "내가 최선의 노력을 다해야 하나님도 기뻐하시며 내 앞길을 인도해 주실 거야"라고 말하며 집을 나서서 기쁘고 설레는 마음으로 그렇게 영어와 만났다. 드디어 하나님이 꿈을 이루기 위한 길을 열어 주셨다. 회화책을 사서 테이프를 들으며 연습하고 있었는데 어느 날 기회가 온 것이다.

중3 봄, 중간고사 시험 전 어느 일요일 대학 캠퍼스 구경도 할 겸 혼자 충남대로 시험공부를 하러 갔다. 도서관 출입은 금지되었고 빈 강의실에서 공부할 수 있다 했다. 공부를 어느 정도 하고 쉬면서 산책을 하고 있었는데 앞에서 외국인 할아버지가 환한 미소를 띄고 다가와 영어로 말을 걸었다. 그동안 연습했던 실력을 발휘할 기회가 온 것이다.

그분의 질문을 잘 듣고 대답을 거의 다했고 그가 연이어 말하기를 "나는 신학대학 교수이고 숭전대(현재 한남대) 옆에 있는 미국인 마을에서 부인과 함께 살고 있어. 우리집에 놀러 가 할머니도 만나고 네가 좋으면 매주 일요일 놀러 와 미국인들과 교회에서 예배도 보고 성경 공부를 하면 좋지 않겠니?"하셨다. 나는 그러고 싶다 했고 할아버지와 함께 집으로 가서 할머니도 만났다.

거실에는 우리나라 고가구와 도자기가 가득했고 할머니는 먹을거리와 마실 거리를 내왔는데 한과와 내가 좋아하는 약과도 있었다. 몇 개월 정도 그렇게 영어를 하다 그 할아버지 교수님이 중국 한 대학의 교수로 가시면서 이별했다.

어른이 되어서 생각해보니 사랑과 은혜를 받기만 했지 되갚지는 못했구나 반성하면서 세계여행 중 만난 많은 아이들에게 그 사랑을 베풀려고 노력했다. 그 후로 고등학교 때는 영어 회화 따로 할 시간이 없었고 대학 때 외국인 교수를 우연히 만나겠지 했는데 그러지 못해서 여의도에 있는 미국인 교회를 가끔 나갔다. 그러다 88년 공채로 들어가게 된 서울우유가 올림픽 공식 유업체가 되어서 올림픽 기간 동안 잠실에서 외국인들과 매일 영어를 할 수 있었다.

대학 재학 시 호주로 영어 연수 간 남동생이 돌아왔다. 호주로 가게 된 계기는 산악부 대장으로 암벽 등반하다 떨어져 큰 수술을 하게 되어 군대가 면제되었다. 국제 무역을 직업으로 하고 싶었던 동생은 대학 선배의 권유로 호주행을 택했다. 1년은 아빠가 유학비를 보내주고 1년은 직업을 구해 일하면서 스스로 학비와 생활비를 충당했다. 호주에서 돌아와 복학했고 나 또한 자극을 받아 직장을 그만두고 영국에서 영어 연수를 하면서 유럽 여행을 5개월 했다. 그 후 20년 넘게 영어회화 강사와 통역사로 일하면서 세계여행을 했다.

(3) 고소득 직업 가지기

세계여행을 잘하기 위해서는 시간과 수입이 많은 직업이 필수이다.

유럽에서 돌아와 학원 강사가 되었으나 부모님 경제 상황이 어려워져 넉넉한 생활비를 드려야 했고 고급 취미 생활과 세계여행을 하기 위해서는 연 수입 1억 정도가 필요했다. 성인 회화 학원에서 5:5로 수입을 나누기로 약속하고 일을 시작했으나 2년이 지나고 학생 수가 많아지고 15명 정원이 모든 반에 다 차자 원장이 변심을 하고 비율을 낮추려고 해서 학원을 그만두었다.

혼자 일하면 수입을 나눌 필요가 없고 그즈음 민병철 어린이 학원이 반대 편에 생겼기에 어린이 회화 수요가 많아지고 있나 보다 판단했기 때문이다. 6개월 정도 해보고 원하는 수입이 안 되면 약대 3학년으로 편입해 약사 자격증을 따서 영어회화강사, 통역사, 약사 3가지 직업을 가지고 일을 하면 원하는 수입을 쉽게 얻으리라 생각했다. 그런데 약대 편입을 안 해도 될 만큼 충분한 수입이 있었고 대부분의 돈을 부모님께 드렸다.

외할머니가 90세 전후 하늘나라로 돌아가셨고 삶의 의욕을 잃어 밥도 잘 안 먹고 우울증에 빠져 있는 엄마에게 아빠가 주식을 권유했고 매일 증권회사로 출근하면서 우울증에서는 벗어났지만 직원의 유혹에 빠져 신용으로도 주식을 샀기 때문에 IMF 시기 때 30대 노력의 결과물이 한 푼도 안남게 되었다. 그때 느낀 절망감은 말로도 글로도 표현할 수 없다.

2년 후 아빠가 미안했는지 부동산을 담보로 2천만 원을 대출받아 엄마와 함께 유럽 여행을 보내주셨다. 그때 아빠가 말씀하시길 "엄마가 밥도 안 먹고 우울증을 앓다가 큰병에 걸려 죽는 것보다 돈을 잃는 것이 더 낫지 않느냐"였고 아빠의 말에 공감하며 나 또한 우울증에 걸려 큰 병이 날수도 있으니 여러 부정적인 감정에서 빨리 벗어나야지 의지를 다졌으나 쉽지는 않았는데 중, 고 동창 의사 친구가 암에 걸렸다. 말기 암이어서 죽을 고비에 있었는데 하나님께 살려달라고 기도했다. 일을 더 많이 해 빨리 돈을 모아야지 하다가 40 전후 나이이니(나도 암이 될 수도 있으니) 충분히 쉬면서 건강을 우선으로 챙기고 그동안 부족했던 공부와 여행을 많이 하기로 결심했다. 그리고 나서 40대 전반의 목표와 계획을 세운 다음 다시 일을 시작해야지 마음 먹고 보스턴에 가 공부하면서 미국, 캐나다 여행도 하고 귀국했다.

며칠 쉬다가 도서관에 갔는데 변리사 시험 공고를 보고 변리사 1차 시험에 도전하기로 하고 공부를 시작했다. 결혼 후 일을 금방 그만둘 수가 없었기에 주말 부부로 있다가 수도권으로 와 남편과 합친 후 일을 쉬고 있었으니 일을 다시 시작할 때 아이들 모집이 잘 될지를 예측하기 어려우므로 변리사 자격증을 취득해 영어 강사, 통역사, 변리사 3가지 직업으로 일을 하면 연 수입 1억은 가능하겠지 생각했기 때문이다.

오랜만에 공부를 하려니 집중이 안 되어 매일 도서관에 갔는데 대학 때 도서관에서 책 읽고 공부하던 때가 떠오르면서 마음이 설레고 흥분이 되어 마치 20대로 돌아간 것 같았다. 특허청으로 원서 내러 간 날 오랜만에 해 보는 거라 무엇을 어떻게 할지 몰라 어찌할 줄 모르고 있는데 젊은 친구들이 많이 다가와서 도와주었고 그러는 과정에서 자연스럽게 많은 대화가 오고 갔다. 학원에 다니며 5번이나 떨어진 친구도 있었고 자기들이 그렇게 몇 년 동안 합격하지 못한 이유는 영어와 물리 실력이 없어서라며 나에게 영어와 물리를 잘하는지 물었다. "영어는 직업이고 물리는 취미야." 웃으며 농담으로 말했더니 합격할 거라 했다. 처음으로 하는 법 공부는 쉬워 1개월 만에 끝냈고 물리는 대학 1학년 이후 공부한 적이 없으므로 물리를 중심으로 공부했는데 아이들 말대로 합격했다.

영어로 수입이 부족하면 2차 공부를 해야지 했는데 일이 늘고 수입이 늘어 세계여행을 원하는 만큼 할 수 있었고 공부할 시간도 부족했기에 2차 시험공부를 포기했다. 그 당시 대학 때 아빠가 한 말이 떠올랐다. 30~40대는 인생에서 가장 바쁜 시기이니 비교적 자유 시간이 많은 대학 시절 자격증은 따 두는 것이 좋다 하였으나 과 동기가 변리사 공부를 하고 있어도 나는 하지 않고 취미 생활만 했다.

여러분은 나와 같은 잘못 저지르지 말고 대학 시절 필요한 자격증을 반드시 취득하는 것이 좋겠다.

나이가 들면서 건강해지고 있었으나 장거리비행이 힘들어지면서 40대 중반까지는 세계여행을 마쳐야지 생각하고 있었는데 세계여행 중 만난 선배들도 그리 권유하며 늦게 시작한 것에 대해 후회하고 있었다.

그래서 열심히 다녀 40대 중반에 70~80개국 세계여행 꿈을 완성했다.

이집트

　그러느라 40대 5~6년간은 365일 거의 하루도 쉬지 못할
만큼 바빴다.

　버킷리스트는 늙어서 만드는 것이 아니라 태어나서부터 자
신의 꿈과 목표가 무엇인지 잘 생각해 10년 주기로 계획표를
만들고 실천할 필요가 있다.

　환갑을 넘긴 나의 인생 계획은 더 이상 목표는 없고 다양
한 취미 생활을 즐기며 마음 편하게 늙어가는 것이다.

히말라야

　여러분의 꿈과 목표와 버킷 리스트를 쓰고 구체적으로 실행할 수 있는 계획표를 만들어보세요!

제2장

건강관리

네팔 코끼리 트레킹

　건강은 우선 건강하게 태어나야 하고 좋은 습관을 평생 꾸준히 실천해야 지켜지는 것이다. 아무리 건강한 신체로 태어나도 후천적인 노력을 게을리하거나 잘못된 습관으로 살다 보면 젊은 시절에 병이 생겨 단명할 수도 있다.

1. 건강 습관

(1) 식습관

가장 먼저 깨끗한 물을 충분히 마시는 것이 중요하고 체온과 비슷하거나 약간 높은 온도의 물을 마시는 것이 좋다. 그 다음은 다양한 식재료를 섭취해 균형 잡힌 영양 상태를 유지해야 한다. 탄수화물보다는 단백질의 필수 아미노산과 식물성 기름의 필수 지방산을 섭취하는 것이 중요하고 과일 채소의 무기질과 비타민 섭취는 더욱더 중요하다. 그것들은 우리 몸에 필요한 여러 기능을 하는 다양한 효소를 활성화시키는 역할을 하기 때문이다.

그 다음은 필요한 만큼만 먹는 것이 중요하다. 즉 매일 활동량이 다른 사람은 활동량에 비례해 매일 다르게 먹는 것이 필요하다. 육체노동이나 운동을 많이 하는 날은 많이 먹는 것이 필요한데 소화 기관이 약한 사람은 식물성 기름을 이용한 음식을 먹어 소식을 하더라도 많은 에너지를 내게 하는 것이 합리적이다. 매일 쓰이는 에너지 이상의 음식물을 섭취하게 되면 탄수화물이 지방으로 전환되어 내장 기관에 쌓여 염증이 생기면 암이 되기 쉽다.

위장에 있는 음식이 완전 소화 분해가 안 된 상태에서 먹게 되면 새로 들어온 음식물을 소화 분해시키느라 남은 음식물은 불완전 분해가 되어 찌꺼기로 남게 된다. 그 찌꺼기에서 배출된 독소와 독가스가 위장에 가득 차서 변비가 되고, 만성 변비가 되면 대장이나 직장에 염증을 만들어 암 조직을 만들 수 있다. 그러므로 한꺼번에 많이 먹기보다는 노동이나 운동 사이에 조금씩 나누어 먹고 활동량이 적은 날은 소식을 하고 특히 저녁 식사는 잠자기 전이므로 소화되기 쉬운 음식을 먹거나 안 먹는 것이 좋고 먹더라도 6시 이전에 먹는 것이 좋다. 꼬르륵 소리가 나는 것이 위장이 비었다는 것이므로 그때 먹어야 소화력이 최대가 되면서 완전 소화 분해가 된다. 위장에 탈이 났을 때는 꼬르륵 소리가 나고 방귀가 나올 때까지는 따스한 물만 마시며 금식하는 것이 좋다.

또 하나 중요한 사실은 모든 사람이 똑같이 먹을 필요가 없다는 사실을 알아야 한다. 초원 유목민은 고기를 덜 먹고 농경민은 쌀을 덜 먹고 나와 같은 여행자 유목민은 야채를 더 먹도록 노력해야 한다.

나는 이런 사실을 대학교 때 알게 되었다.

여름 방학 때 친구 할머니 집에 놀러 가 1주일 정도 머문 적이 있었다. 친구 할머니는 채식주의자로 꼿꼿하게 건강 장수하고 있어서 생각할 기회를 가지게 되었다. 그 이후로 채소 먹기를 늘리면서 30~40대에는 많이 건강해지게 되었다.

졸업 즈음 서초동 백 평 넘는 빌라에서 여고생에게 수학을 가르쳤는데 할머니가 첫날 저녁 식사하고 가라면서 수업 전 무엇을 좋아하는지 물으셨다. 갈비찜, 생선구이, 계란찜 등을 좋아한다고 답했다. 수업 후 할머니가 이끄시는 주방 식탁에 가 앉았다. 좋아하는 반찬에 각종 나물과 된장찌개가 차려 있었다. 그런데 할머니는 나물과 된장찌개만 드셨다. 이유를 물었더니 할머니는 채식주의자라고 말씀하셨다. 나 때문에 다른 반찬을 하신 것이냐고 묻자, 아들, 며느리, 손주는 나와 같은 식성이라고 하셨다. 그 할머니도 꼿꼿 장수하고 있었다.

2001년 보스턴에 있을 때 하버드 대학 근처에 있는 cambridge adult center에 있는 여러 강좌에 참여해 토론을 한 적이 있다. 강좌 제목이 'Non-cruel shopping'이었는데 어떤 강좌인지 짐작하기 어려웠다.

참여해보니 채식주의자들이 모여서 신념화를 하며 다른 사람들에게 채식을 반 강요했다. 그 당시 91년 스웨덴 스톡홀름에서 핀란드 헬싱키로 가는 배 안에서 있었던 일을 얘기하며 모든 사람이 채식이 맞는 것은 아니라고 설명했다. 그 배 안에서 아침을 먹으러 뷔페에 갔는데 모든 메뉴에 단백질 요리가 없어서 직원에게 물었다. 그녀가 나에게 묻기를 그 회원이 아니냐며 동남아시아의 한 의사가 채식을 해야 한다고 주장을 했고 그에 동조하는 많은 사람들이 전 세계로부터 와 배 안에서 모임을 하고 있기 때문에 단백질 요리가 없는 것이라 했다. 유럽은 그때부터 채식 붐이었는데 10년 후 미국 보스턴에서 지식인들 사이에 채식 붐이 분 것이다.

나는 미국 애들에게 말했다. "모든 사람에게 채식이 좋은 것은 아니야. 자기 조상이 오랫동안 채식을 한 사람들에게만 채식이 맞는 거야." 몇몇 애들은 다시 생각해보겠다 했다.

우리 모두는 각자 자기에게 맞는 식습관을 찾아야 한다. 내가 완전 소화 분해 못 시키는 밥을 매끼 먹으려고 했다면 단명했을 수도 있다. 여러분도 소화가 안 될 때 무조건 소화제를 먹지 말고 먹는 양을 줄이고 어떤 식재료가 잘 소화가 안 되는지 찾아내어 덜 먹을 필요가 있다.

식습관뿐만 아니라 목욕 습관도 각자 자기에게 맞는 방식을 찾아야 한다. 어린 시절 온 가족이 함께 가족탕에 갔다. 가족탕에 들어가자마자 몇십 분도 안 되어서 엄마와 나는 땀을 비 오듯 흘리면서 기진맥진해 먼저 나왔고 아빠는 2시간 후에 나왔다. 그때 사람마다 체질이 다르다는 것을 알았다. 그래서 나와 엄마는 평생 샤워를 즐겼고 아빠는 목욕을 즐겼다. 나는 일본에 갈 때만 노천욕을 즐겼는데 실외라 땀이 나지 않아 1시간 넘게 즐길 수 있었다.

운동, 스포츠도 아빠는 땀을 많이 흘리는 종목으로 나는 땀을 거의 흘리지 않는 종목을 즐겼다.

인류의 역사에 관심이 아주 많아 평생 그 분야 책을 많이 읽고 세계여행 중에도 늘 생각하며 얻게 된 결론은 인류는 초기에 모두 수렵 채집인이었으나 나중에는 여행자 유목민, 초원 유목민, 농경민으로 분화되고 현대인들은 거의 다 이 세 가지의 혼혈이므로 자신이 어느 쪽 DNA 비율이 높은 지에 따라 식성, 습성, 성격 등이 결정된다고 생각한다.

한반도 대부분의 조상은 알타이, 중앙아시아, 중국 신강성

등에서 동, 서 혼혈이 되어 동쪽으로 이동하면서 한반도에 정착하게 되고 한반도 동쪽 산악 지형에는 수렵 채집인 이 거주하고 있었는데 북쪽 초원 유목민들이 들어와 혼혈이 되고 중국에서 들어온 농경민들은 서쪽 평야 지대에 정착하면서 또 혼혈이 되어 현재의 한반도인이 된 것이라 생각한다.

즉 우리나라는 다민족 국가인 것이다.

나중에는 쌀을 먹는 남인도인들과 동남아시아인들도 한반도 남쪽에 들어와 현재 피부색이 약간 검은 사람들은 그들과의 혼혈인 듯하다. 그래서 고려시대까지 각자 다른 말을 쓰고 있었을 것이고 소통과 교감이 어려웠을 것이다. 세종대왕이 국토는 통일된 상태이나 사람들이 통합이 안 되고 있으므로 '한글'이라는 우리만의 독창적인 문자를 만들어 백성들로 하여금 같은 문자를 쓰게 해 통합시켰으나 이념 때문에 분열되면서 오늘날에 이르렀다.

여행자 유목민에 비해 수렵 채집인이나 농경민은 정착생활을 오래해 왔기 때문에 다양한 먹거리를 먹어 본 적이 없다. 초원 유목민은 양들을 목축하는데 양들은 풀의 뿌리까지 먹으므로 초원이 사막화되는 것이고 봄이면 특히 황사가 우리나라까지 날아오는 것이다.

양들이 풀을 다 먹으면 초원을 찾아 동서를 횡단할 수밖에 없었고 그럴 때마다 동·서 혼혈이 또 생겼다.

나의 조상인 여행자 유목민은 알타이에서 중국 또는 몽고를 거쳐 한반도에 들어올 때까지 또는 이란, 인도, 남중국을 거쳐 한반도로 들어올 때까지 가족 단위로 여행하고 여행에 필요한 돈을 얻기 위해 가족 구성원 각자가 취미에서 특기가 된 악기든 외국어든 실력을 쌓을 수밖에 없었고 여러 나라를 여행하기 위해 안전 자산인 금, 은을 선호하는 개인주의자가 되면서 정착 생활을 한 이후로는 땅을 재산으로 하며 중국과 한반도의 지배 계급이 된 것이다.

반면에 초원 유목민과 농경민은 집단 사회이었으므로 집단주의 성향이 강해 끼리끼리 뭉쳐 계파 형성하기를 즐기고 집단 경쟁의식이 강하다. 기원전, 후로 두 집단 사이에 전쟁이 늘 있었고 특히 농경민 집단끼리 심한 전쟁이 있었는데 그것이 중국의 춘추전국시대이다. 이런 이유로 집단주의 DNA가 강한 인간은 개인의 꿈과 목표 없이 집단끼리 심한 비교 경쟁을 하면서 인생의 많은 시간을 보낸다.

요즘은 집단주의자들 중 일부가 세계여행을 하면서 개인주의자 비율이 늘고 있는데 이는 바람직한 일이다. 수렵 채집인과 농경민들은 거의 안 먹었던 먹거리가 있었던 것 같고 초원 유목민 중에는 꿀을 전혀 안 먹은 사람도 있었던 것 같다.

96년 엄마와 함께 호주, 뉴질랜드 1개월 여행했을 때 일이다. 마지막 도시인 시드니에서 엄마가 꿀을 사고 싶어 했다. 시드니 시내에 있는 백화점, 마트를 뒤졌으나 꿀은 전혀 보이지 않았다.

며칠 전에 만난 뉴질랜드 친구 앤(그녀는 93년 나와 같은 학원에서 근무했다.)에게 전화해 그 얘기를 했더니 그녀가 도와주겠다고 시드니 시내로 나왔다. 함께 여러 곳을 다녀봐도 없었는데 그때 누군가가 그녀에게 말하는 것을 들었다. 얼마 전 호주 사람 하나가 꿀을 사 먹은 후 급사를 했고 꿀을 판매하는 곳이 없는 것이 아마도 그 이유 때문일지도 모른다 했다.

그때 알았고 저녁때 달링하버 근방에 있는 아이리쉬펍에서 대화하며 조상들이 먹지 않은 먹거리는 절대로 안 먹는 것이 좋겠다는 결론을 내렸다.

요즘 서양인 중에는 꿀 뿐만 아니라 버섯을 안 먹는 사람들도 있고 글루텐이 없는 밀가루를 먹는 사람들도 있다. 엄마도 글루텐을 소화 못 시켜 면 요리를 많이 좋아했으나 절제해야 했고 그 때문에 스트레스가 많았을 것이다. 글루텐-

프리 밀가루가 오래전부터 있었다면 엄마도 더 장수할 수 있었을 것이다.

다행히 나는 알타이에서 동·서 혼혈이 되어 한반도로 들어온 여행자 유목민의 DNA가 많이 들어가 있어서 전 세계 다양한 요리를 즐겼다. 그 당시 그녀가 진담 반 농담 반으로 "세계여행의 꿈을 포기하는 것이 좋지 않을까? 여러 나라 음식 다 먹고 다니다가 장수 못 할 수도 있잖아."라고 말했다.

내가 대답하기를 "나의 꿈은 장수가 아니고 세계여행이므로 장수를 못 하더라도 세계여행의 꿈은 꼭 이룰 거야." 그녀는 웃으며 끄덕했다. 나는 연이어 더 말했다. "환갑만 넘겨도 아주 만족해하며 '행복한 장수'라 할 거야." 그렇다. 나는 환갑을 지나왔고 세계여행의 꿈을 이룬 행복한 장수가 되었다.

여러분도 행복한 장수를 원하는가?

그렇다면 기후 위기가 심각해지고 있으므로 세계여행을 부지런히 다니는 것이 좋다. 100세 무병장수를 원한다면 세계여행을 안하거나 최소화하는 것이 좋다.

20대 유럽 여행 시 기후 위기가 오고 있다는 것을 알았다. 그래서도 세계여행을 서둘러서 2010년에 마쳤다. 기후 위기에 대한 얘기는 '인연' 편에서 더 쓰겠다.

(2) 수면 습관

수면 시간보다는 질이 중요하므로 숙면을 해야 한다. "잠이 보약이다"라는 말이 정확히 맞다. 낮에 스트레스 호르몬이 많이 분비되었더라도 밤에 좋은 호르몬인 세레토닌이 많이 분비되어 감정의 평안과 행복을 느끼게 되고 면역체계도 강화되므로 건강한 장수에 숙면은 필수이다.

숙면을 원하면 저녁을 안 먹거나 조금 먹는 것이 좋다. 뇌와 내장 기관이 쉬어야 숙면이 가능하고 눈도 쉬어야 숙면할 수 있으므로 저녁에 TV, 컴퓨터, 스마트폰을 하거나 특히 잠들기 전에 하는 것은 숙면을 방해한다. 저녁에 뇌가 쉴 수 있는 것들을 해야 쉽게 잠이 드는데 '무념무상' 명상이 좋다. 잡념을 제거하고 뇌를 깨끗하게 비우는 것이 중요하고 뇌는 중요한 것들만 집중, 생각하는 것이 뇌 건강에 좋다. 여름철에는 해가 일찍 뜨고 낮 시간이 길므로 더 쉽게 피로를 느낄 수 있으니 겨울철보다는 잠자리에 더 일찍 드는 것이 필요하고 낮에 1시간 미만의 낮잠을 자거나 수시로 쪽잠을 자는 것도 좋다.

어렸을 때부터 10시쯤 자고 5시에 일어나는 습관을 길러왔다. 며칠만 똑같이 하면 체화되어 생체리듬이 되는 것이

습관이다. 태어나자마자 부모가 자식들 좋은 습관을 들이게
하는 것이 그래서도 매우 중요하다.

중년이 되면서 피곤하고 아플 때는 일찍 자고 늦게 일어나
기도 했다. 새벽에 깨서 다시 잠드는 일은 없었는데 요즘은
또 잠이 들어 몇 시간을 더 잘 때도 있다. 아무래도 늙어가면
서 많지 않던 식욕이 더 줄어들고 기력이 달려 그런 것 같다.

수면시간도 젊었을 때는 보통 6~8시간 정도였는데 50대에
들어서서 오십견으로 고통이 심해 수면시간이 급격히 줄었
던 2~3년을 제외하고는 수면 시간이 늘어나면서 50대 중반
이후로는 8~10시간 잔다. 아마도 나의 DNA와 비슷한 조상
이 나이가 들면서 오욕칠정에서 자유로워져 긴 시간 숙면을
취하다 보니 그렇게 된 것 같고 나 또한 비슷하게 늙어가고
있고 저녁 시간 무념무상 습관을 가지다 보니 긴 시간 숙면
이 가능한 듯 하다.

40대 세계여행을 많이 다닐 때 불면증이 있는 사람들을 많
이 만났다. 그 당시에는 그 사람들이 왜 그런지 원인을 몰랐
는데 며칠을 여행하면서 보니 너무 많이 먹고 특히 저녁에 많
이 먹는 것이 숙면을 방해하는 것 같았다. 그리고 낮 시간에
노동이나 운동을 충분히 안하는 것도 불면증의 원인인 듯하

다. 또 하나는 오욕칠정에서 자유롭지 못하고 마음과 생각이 복잡해 감정과 욕구를 잘 조절하지 못해서인 것 같다.

6시 이후에는 안 먹는 습관이었는데 40대 중반 친구 아이들 영어 가르칠 때 친구가 나를 배려해 좋아하는 반찬들로 맛있게 저녁 식사를 차려주다 보니 6~7시 사이에 2년 동안 매일 먹었다.

오전에 에어로빅, 요가를 했는데도 충분한 운동이 되지 못했는지 심장과 신장에 통증을 느꼈고(신장이 안좋아지면 발뒤꿈치가 아프다.) 그것은 즉 염증이 생겼다는 것이므로 얼마후 일을 그만두고 지리산, 제주 올레길, 스페인 산티아고 등 2년 정도 많이 걸어 건강이 회복되었다.

그런데 남편 은퇴 후 늦은 저녁에 가끔 피자, 치킨을 배달시켜 먹었더니 숙면이 되지 않았다. 잠자는 동안 소화시키느라 위장이 쉬지 못하고 일을 해서 그런 것이다. 그러므로 6시 이후에 안 먹는 것이 숙면과 건강에 좋다.

(3) 배변 습관

가장 좋은 배변 습관은 매일 아침 일어나자마자 배변을 하는 것이다. 장수하기 위해서는 좋은 식습관, 수면 습관, 배변 습관이 필수이다.

즉 알맞은 양을 먹고 수면의 질을 높여 숙면해야 하고 매일 아침 배변을 해야 한다. 이 세 가지 습관이 좋으면 절로 장수하게 된다.

병이 많아 장수할 수 없다고 우울해 하거나 절망하는 중, 장년층을 본다. 건강하게 태어난 사람은 병이 많더라도 중병이 아니면 이 습관이 좋아 장수하는 사람들이 있다. 잘 먹고 잘 자고 잘 싸면 장수한다는 말이 있다. 이 세 가지 좋은 습관을 들이는 것이 중요하다.

(4) 운동 습관

매일 꾸준히 운동하는 것이 중요하므로 아무리 바쁘더라도 30분 이상 걷는 습관을 들여야 한다. 대중교통을 이용하면 저절로 그런 습관이 된다. 평일에 운동을 전혀 안 하다가 주말에 몇 시간 한꺼번에 운동하는 것보다 매일 짧은 시간이라도 꾸준히 하는 것이 근육을 늘리고 건강을 증진시키는 것에 훨씬 더 효과적이다. 어렸을 때 특히 성장기에는 신진대사를 활발하게 하기 위해 더 많은 운동을 할 필요가 있다. 요즘 우리나라 교육이 초등학교 때부터 지나치게 지식

교육을 강조하다 보니 학교든 부모든 아이들에게 운동을 많이 안 시키고 있고 이런 철학 없는 지식과잉 교육은 우리 어린 세대들의 육체, 정신 건강에 안 좋은 영향을 끼치므로 현명하지 못한 것이다. 건강해야 공부도 하고 자신의 꿈과 목표를 이루는 것이므로 건강을 가장 최우선으로 지켜야 함을 늘 마음에 새기고 건강해지기 위해 여러 좋은 운동 습관을 실천해야 한다.

매일 꾸준히 운동하는 습관으로 근육을 저축해야 한다. 몇십 년 저축한 근육은 빠지기까지도 몇십 년 걸린다. 하체 운동을 많이 해서 종아리와 허벅지 근육을 튼튼하게 만들어야 장수할 수 있다. 그리고 운동을 한평생 꾸준히 하다 보면 폐경도 늦어지게 된다. 2~3년 전 폐경을 했는데 그 원인은 한평생 운동한 것과 과일을 많이 먹어서인 것 같다.

특히 부모님 집 앞마당에 커다란 석류나무가 있어서 30대 결혼 전까지 늘 석류를 먹었는데 그것도 좋았던 거 같다.

40대 세계여행 시 내 나이 또래의 여성들이 폐경 후 여기저기 아프다며 통증을 호소했다. 특히 허리, 관절 등에 염증이 생겨서 말할 수 없을 정도로 아프다 했다. 은퇴 후 TV에서 여러 건강 프로그램을 보다가 관절염이 출산 통증보다 2

배 더 아프다는 것을 알았고 그래서도 그 중년 여성들이 그 렇게 아프다고 했구나 했다. 폐경 후에는 항 염증 기능이 약 화되므로 온몸에 염증이 생기기 쉽다. 내장 지방이 생기지 않도록 노력해야 하고 근육을 늘려야 한다.

(5) 음주 습관

음주 습관도 각자 자기에게 맞는 습관이 필요하다. 음주 시 중요한 것은 알코올 분해효소를 얼마나 가지고 있느냐이 다. 술을 마시면 머리가 깨지게 아프거나 혹은 어떤 특이한 증상이 있으면 체내에 알코올 분해효소를 거의 가지고 있지 않은 것이므로, 즉 자기 조상들이 술을 마시지 않은 것이므 로 평생 금주하는 것이 좋다.

알코올 분해효소를 충분히 가지고 있는 사람도 기분이 좋 아질 때까지만 마시고 멈추는 것이 좋다. 자기 몸에서 완전 분해될 만큼의 양 이하로 마시는 것이 좋고 그보다 더 많이 마신 날은 다음날 운동을 과하다 싶을 만큼 많이 해서 완전 분해되지 않은 채 체내에 남아있는 중간 화합물(발암 물질)을 땀으로 배출시켜야 한다. 그리고 술이 완전히 깬 상태에서 잠자리에 들어야 숙면도 하고 뇌 건강에 좋다. 식사할 때 반

주로 1~2잔 즐기는 것은 혈액 순환을 좋게 하고 심장을 강하게 해 약이 되기도 한다.

그래서 우리 조상들은 반주를 약주라 부르기도 했고 한평생 약주를 즐기는 것은 장수에 도움이 되나 자주 마시는 것은 안 좋다. 습관성으로 자주 마시는 알코올 중독은 뇌 손상을 빠르게 가져와 뇌졸증, 뇌경색 등을 가져올 수 있고 알코올성 치매가 젊은 나이에 오기도 하므로 좋은 음주 습관을 길러야 한다. 얼마 전 알코올 대사가 어떤 과정을 거치는지 정확히 알고 싶어 지식인 검색을 했는데 의외의 사실을 알게 되었다. 알코올이 간에 들어가기 전 먼저 폐로 들어간다 한다. 여행 중 만난 사람들이 담배를 전혀 피우지 않는 사람들이 폐암이라며 이상하다고 했다. 알코올 다량 섭취가 폐암을 만든다는 것을 안 것이다.

(6) 인터넷 습관

인터넷 중독을 방지하기 위해서는 초등학교 때부터 좋은 습관을 들여야 한다. 전혀 못 하게 하는 것은 좋은 방법이 아니다. 요즘은 스마트폰이 있어서 부모 눈을 피해 얼마든지 할 수 있기 때문이다. 규칙을 정해서 하게 하는 것이 좋다. 평일에는 30분, 주말에는 3시간 이런 식으로 말이다. 그 외 시간은 스마트폰을 부모가 가지고 있는 것이 좋고 무엇보다도 좋은 취미 습관을 들여주는 것이 훨씬 더 효과적이다. 일단 중독이 되면 어른이 되어서도 헤어나기 어렵게 되므로 스스로 잘 조절하면서 즐기게 하는 것이 좋다. 노안도 일찍 오고 녹내장, 백내장도 올 수 있으므로 과하지 않게 줄여야 한다.

(7) 혈당, 혈압 관리

혈당이나 혈압이 높을 때 흔히 당뇨병, 고혈압이라 일컬어진다. 그런데 그것들은 병이라기보다는 평생 관리를 필요로 하는 것들이다. 빠르고 쉽게 약을 먹기보다는 좋은 습관을 늘 실천하면 짧은 시간 내에 정상이 된다. 탄수화물을 과하게 먹으면 고혈당이 되고 동물성 지방을 과하게 먹을 때 고혈압이 되기 쉽다. 또한 혈액이 맑지 않으므로 여러 다른 병을 유발시킬 수 있다. 고혈당이든 고혈압이든 초기 대응이 중요하므로 식습관 관리를 빨리 시작해야 한다. 혈당을 빠르게 낮추기 위해서는 밥을 줄여야 하는데 혈당이 150정도가 될 때도 한 달간 밥만 안먹어도 정상 혈압이 된다. (몇 년 전 내가 그렇게 했다.)

혈압을 낮추기 위해서는 커피 대신 녹차를 마시고 양파를 매일 먹는 것이 좋다. 고혈당, 고혈압이 지속된 기간이 길면 길수록 정상화하기 어려우므로 초기 몇 개월 내에 정상화시켜야 한다.

혈당, 혈압 체크를 하지 않더라도 간단하게 알 수 있는 방법이 있는데 소독한 바늘로 손가락을 찔러 혈액을 만져보면 쉽게 알 수 있다.

혈액이 맑지 않고 끈끈하면 탄수화물과 동물성 지방섭취를 줄이고 식물성 기름과 야채를 수시로 먹어 혈관을 청소해야 한다. 또한 혈액이 약알칼리인 것이 좋은데 밥과 고기를 많이 먹는 사람은 혈액이 산성화되기 쉬우므로 야채와 과일을 많이 먹고 물과 레몬수도 충분히 자주 마시는 것이 좋다. 혈액이 약알칼리여야 피로도 훨씬 덜 느끼고 염증도 예방한다.

(8) 스트레스 관리

스트레스를 받지 않도록 감정 관리에 최선을 다하여 마음의 평정을 유지하는 것이 가장 중요하다. 매일 저녁 명상을

하는 것이 효과적이고 안 좋은 감정이 그 다음 날까지 지속
된다면 좋아하는 것들을 하면서 스트레스를 빨리 푸는 것이
좋다. 스트레스 관리의 핵심은 마음을 잘 다스려 늘 평안하
게 유지하는 것이다. 낮에 햇빛을 많이 쐬는 것이 좋고 좋아
하는 사람들을 만나 맛있는 것들 먹으면서 웃고 수다 떠는
것도 좋고 취미 생활이나 운동을 하는 것은 더 좋다. 무엇
이든 자신이 좋아하는 것을 하면 기분이 좋아지고 스트레스
해소가 되어 숙면에도 도움이 된다.

스트레스를 그때그때 해소하지 않으면 큰 병이 되기 쉽다.

어린 시절 부모님이 30대일 때 "음주, 흡연이 더 나쁘냐,
스트레스가 더 나쁘냐?"라는 주제로 티격태격했는데(부모님
은 종종 토론, 논쟁을 했는데 그럴 때마다 사랑으로 느껴져 마음이 따
스해졌다.) 엄마는 아빠가 피운 지 몇 년 안 되는 담배를 끊
기 원했고 몇 년에 2~3번 마시는 술도 줄이기를 원했다. 그
때 아빠가 하는 말이 음주, 흡연하고 싶은 것을 무조건 참고
견디다 보면 스트레스가 쌓이게 되고 그 스트레스가 건강에
더 안 좋다는 것이었다. 그것보다는 음주, 흡연을 과하지 않
게 조절하여 하는 것이 훨씬 더 좋다는 것이었다.

엄마는 핑계라고 싫어했는데 아빠는 자기의 생각을 굽히지

않고 즐겼고 자식들에게도 그렇게 가르쳤다. 대학 1학년 때 맥주 마시는 것을 가르쳤기에 영국에 있을 때 기니스 맥주를 늘 세계 여러 친구들과 즐겼고 그 후로도 한평생 가끔 1~2잔 마셨다.

아빠도 한평생 음주, 흡연을 즐겼고 건강이 안좋은 때만 몇 년씩 끊었고 거의 70이 되어서야 담배를 완전히 끊었다. 그때 양쪽 말을 들으며 누구 말이 맞는지 판단하기 어려웠는데 현재 아빠가 90세 건강 장수하고 있는 것을 보면 스트레스가 더 나쁜 것이 맞는 거 같다.

스트레스는 쌓이지 않게 매일 취미 생활로 푸는 것이 좋고 하고 싶은 것을 못 하는 것도 스트레스지만 하기 싫은 것을 의무로 하는 것도 스트레스다. 좋은 취미나 운동도 하기 싫을 때는 하지 말아야 한다.

※ 무병장수의 비결

(1) 자기 조상들이 먹지 않은 것을 절대 먹지 말아야 한다.

(2) 자기 조상들이 최소로 먹은 것은 음식이든 술이든 그 이하로 먹어야 한다.

(3) 체질에 맞게 과하지 않게 운동을 하고 아플 때는 운동

을 최소화하는 것이 좋다.

(4) 성생활을 최소화해야 한다.

(5) 스트레스 관리를 위해 다양한 취미 생활을 하는 것이
좋다.

(6) 염증 초기에 많이 걸으면 염증이 치료가 되나 만성 염증
이 되면 운동을 줄이는 것이 좋다.

(7) 욕망을 줄이고 감정의 평정을 유지하면서 마음이 평안
해야 세레토닌 호르몬 분비가 증가해 행복감도 느끼고
숙면을 하게 된다.

건강하게 태어난 사람들은 앞장에서 언급된 여러 좋은 습
관을 들이고 위 사항을 잘 지키면 장수할 수 있다. 나처럼 허
약하게 태어난 사람도 여러 습관을 잘 지켜 환갑을 넘기고 있
다. (고등학교 시절 양호 시간에 맥박을 서로 재보다 양호 선생님이 말
하기를 내가 맥이 너무 약해 안 잡혀서 20대에 죽을 수도 있다 했다.)

 ## 2. 암을 예방하고 이기는 방법

친구와 엄마가 비슷한 시기에 암에 걸려 하늘나라로 떠났고 몇 년 동안 고통스런 삶이었다. 그 후로 암에 대한 관심이 커져 갔고 은퇴하고 생각하는 시간이 많아지면서 알고 깨닫게 되었다.

암이란 세포들에 염증이 생겨 시간이 지날수록 만성 염증이 되고 그 기간이 길어져 염증 부위가 딱딱하게 되는 상태이므로 그 죽은 세포들이 뭉쳐 굳으면 백혈구도 림프구도 공격을 못하게 되어 그 노폐물이 배출될 수 없게 된다. 2cm 정도의 암 조직에는 10억 개의 죽은 세포가 있다 한다.

죽은 세포들이 독성이 강한 분비물을 내뿜게 되면 주변 세포들도 염증이 생겨 염증 부위가 커지면서 암 덩어리가 커지는 것이다. 암 조직은 죽은 세포들의 집합체이므로 통증이 있을 수 없다. 세포가 병들면 염증이 생기는 것이고 염증이 통증을 유발시킨다. 나이가 든다는 것은 죽어가는 세포가 재생되는 세포보다 많아지는 것이다. 젊은 나이에는 새로운 세포가 빨리 재생되고 암세포도 빠르게 증식이 된다. 나이가 들면 새로운 세포가 빨리 재생되지 않으므로 죽는 세포가 늘어나면 병이 나서 죽게 되는 것이다. 방사선 치료를 하면 더 많은 세포가 죽게 되고 새로운 세포가 빠르게 재생되지 않기 때문에 말기 암이 아니면 방사선 치료보다는 좋은 습관으로 암을 이기는 것이 좋다 생각한다.

그러면 구체적으로 어떤 습관을 가지는 것이 좋을까?

(1) 염증 관리

가장 최우선으로 해야 할 일은 염증 제거이다. 초기에 염증이 생겼을 때 화학 약품으로 염증을 치료해야 한다. 염증이 지속된 기간이 길면 길수록 염증 치료도 어려워지고 통증도 심해진다.

(2) 면역력 강화

면역력 강화를 위해 중요한 것은 충분한 수면과 휴식이다. 마음을 평안하게 가지고 기쁘고 즐거운 마음으로 생활해야 하며 체온을 따스하게 유지해야 한다.

(3) 세포 재생력 강화

세포 재생 능력을 강화하기 위해선 단백질을 충분히 섭취해야 한다. 우리 몸의 단백질은 10만종이 넘는다 한다. 단백질이 들어가 있는 음식을 먹으면 20종의 아미노산으로 분해 흡수되어 인체에 필요한 다양한 단백질을 만들어 필요한 기능을 하고 새로운 세포도 만들어지는 것이다. 그러므로 단백질을 많이 먹어 세포 재생 능력을 높여야 한다.

그러나 자기 조상이 단백질을 많이 섭취하지 못한 경우 단백질 분해효소가 충분히 나오지 못해 단백질 소화 분해 흡수율이나 단백질 합성 능력이 떨어질 수 있다. 그 결과로 신장을 통해 단백뇨가 배출되면서 신장이 나빠질 수 있다. 이런 사람들은 단백질을 줄이고 단백질 소화 분해 흡수가 쉽게 되도록 음식을 만들어 먹을 필요가 있다. 매일 매끼 다양한 단백질원을 충분히 섭취하고 채소와 과일을 많이 섭취하는 것이 좋다.

특히 암 환자는 가공식품과 탄수화물을 줄이고 단백질 무기질, 비타민을 평상시보다 더 많이 먹어야 한다. 그래야 세포 재생 능력이 강화되어 병에서 빨리 회복된다.

(4) 항산화력 강화

단백질을 최소로 먹는 채식주의자들이 장수하는 이유는 무엇일까? 그들은 조상 대대로 오랜 세월 이런 식습관을 가져왔기에 단백질을 최소로 먹어도 괜찮게 인체시스템이 만들어진 것이고 야채에 있는 항산화력이 항노화가 되게 하는 것이다. 야채가 항산화력이 강해 염증 억제를 하기 때문에 염증에서 오는 통증 있는 병이 잘 생기지 않는 것이다.

야채에 있는 무기질이 인체 내에 조효소로 작용하므로 다양한 야채를 많이 먹는 것이 좋다. 단백질도 콩, 두부, 간장, 된장, 청국장 등으로 식물성 단백질의 필수 아미노산을 섭취하고 나물을 만들어 먹을 때 깨, 참기름, 들기름 등 식물성 기름에 있는 필수 지방산도 충분히 섭취한다.

농민들의 식습관이 주로 이러하고 그 사람들은 오랜 세월 그런 식습관으로 장수했다. 시어머니도 고기, 생선, 해산물은 최소로 먹고 과일도 많이 안 드시고 위와 같은 식습관으로 80대 장수하셨다.

의사 친구 엄마도 농민 DNA로 비슷한 식습관을 가지고 있었으나 그녀는 직업이 의사였고 경제적으로 풍족하다 보니 엄마와 다른 식습관으로 고기도 많이 먹고 단백질을 많이 먹었다. 그녀가 30대에 암이 된 원인 중의 하나가 이것이었을 수도 있다고 생각하고 있다. 야채를 많이 먹으면 항산화력이 강화되어 염증이 예방된다. 항산화란 항노화이므로 주름이 방지되고 노화도 더디게 온다. 특히 항산화력이 강한 것은 Vit.C와 Vit.E다. 그것들도 활성 산소를 제거해 염증을 억제한다.

다음과 같이 암을 이기기 위해서는 염증 관리를 철저히 하고 면역력을 높이며 세포 재생 능력과 항산화력을 강화시켜야 한다.

인간은 누구도 생로병사를 피할 수 없다. 모든 인간은 암으로 죽기에 암을 지나치게 두려워할 필요는 없다. 암으로 병원에 있던 엄마가 하는 말이 같은 병실에 있던 환자가 암 선고를 받고 죽음을 두려워하며 우울하고 불안해 하다가 1개월 만에 죽었다 했다.

키에르케고르가 말하지 않았던가? "절망이 죽음에 이르는 병이다."

암이 무엇인가를 잘 알면 이길 수 있다. 암은 '죽은 세포들의 집합체'이다. 인간은 성장기가 끝나면 그때부터 노화가 시작된다. 인체 내에서 죽은 세포들이 생겨나고 새로운 세포로 늘 교체되는 것이다. 모든 인간의 인체 내부에서는 매일 죽은 세포인 암세포가 생겨난다. 그 암세포가 노폐물로 배출이 안 되고 혈관과 림프관을 통해 순환하다 보면 다른 내장 기관에도 암세포가 전이되고 더 많은 암세포들이 생겨 암조직이 되는 것이다. 야채를 많이 먹어 혈관, 림프관에 있는 암세포를 체외로 빨리 배출시키고 단백질을 충분히 먹어 새로운 세포를 빨리 재생시키는 것이 가장 중요하고 이 습관을 잘 지키면 암을 예방하고 이길 수 있다. 암은 죽을병이다 생각하지 말고 노화 과정이라 생각하며 매일 꾸준히 관리하면 암과 친구가 되어 10~20년도 잘 갈 수 있다 생각한다. 주변에서 그런 사람들을 본다.

제3장

인생 철학

쿠바에서 사온 기념품

1. 인생 철학

　　　　인생을 살아가는 데 있어 중심이 되고 나무의 기둥과 같은 것이 인생 철학이다. 자신의 삶을 어떻게 살아갈지, 무엇을 가장 중요하게 생각하며 살아갈지를 젊은 시절 신중하고 냉철하게 판단해 결정하고 인생의 방향을 잘 잡아야 한다. 자기만의 명확한 인생 철학이 없으면 인생 방향이 수시로 바뀌면서 감정과 욕망을 따르다 잘못된 인생이 되기 쉽다.

전 세계 인생 선배 철학자들이 인생 철학에 대한 많은 책을 썼고 대학 때 도서관에서 동, 서양 철학 통틀어 여러 권의 책을 읽었는데 관념적인 철학책보다는 경험에서 우러나온 철학이 혼재되어 있는 책을 좋아했다. 그 많은 책들 중에서 내 삶의 방향을 결정하게 도움이 된 책은 에릭 프롬의 『소유냐? 존재냐?』였다. 그 책을 읽고 나서 든 생각은 '인간은 소유를 중요시하는 부류와 존재를 중요시 여기는 부류가 있는데 나는 어디에 속할까?'였다.

태어나서부터 20년 인생을 뒤돌아보니 나는 왕족 방계라 그런지 돈과 출세에는 관심이 없었고 세계여행이 꿈이고 다양한 취미 생활을 하며 특기를 만드는 것을 즐기는 존재형 인간이었다.

소유를 중요하게 생각하는 인간은 돈과 출세 지향이 되고 존재를 중요하게 생각하는 인간은 명예와 행복 지향이 된다.

소유와 존재 모두에게 욕망이 있는 인간은 돈, 출세, 명예, 권력, 행복 모두를 쫓으며 탐욕이 되고 방향을 수시로 바꾸면서 기회주의자가 되어 인생이 안 좋게 될 가능성이 높다.

나는 소유보다는 존재를 중요시 여기며 인생을 한 방향으로 한평생 명예롭고 행복한 삶을 살기로 결정했다. 존재를 중요시 여기는 사람은 명예와 행복을 추구하며 '시간'을 가장 귀하게 여기게 된다.

즉 나는 이 세상에서 가장 중요하게 생각하는 것이 시간이다.

(1) 시간 관리

인생에서 가장 중요한 것이 시간이라고 생각한 이유는 인간의 생명이 유한하기 때문이다. 인간이 장수한다는 것이 100세를 산다 할지라도 고작 36,500일이고 대부분의 인간은 그것도 못산다. 이렇게 생각해보면 하루 24시간이 얼마나 소중한

지 깨닫게 된다. 특히 나처럼 허약하게 태어난 사람은 늘 자신의 생명이 짧을 수 있다고 생각하기에 인생 앞에서 겸손하고 시간을 가장 중요시 여기게 되므로 감정과 욕망을 쫓지 않게 되고 꿈과 목표를 이루기 위해 매일 시간을 아껴 쓰게 된다.

짧은 인생 명예롭고 행복하게 살기 위해 매일 시간의 지배자가 되어 어떻게 시간을 쓸지 신중하고 냉철하게 생각하는 습관을 가지게 된다.

시간만이 모든 인간에게 공평하기에 어떻게 시간을 잘 쓰느냐가 삶의 질과 행복을 결정하게 되는 것이다. 돈이 많지 않아서 행복한 것이 아니라 하루 24시간을 충실하게 살지 않기 때문에 행복하지 못한 것이다.

하루 24시간을 1/3은 수면 시간, 1/3은 일하는 시간, 1/3은 쉬고 노는 시간으로 균형 잡힌 생활을 해야 한다. 이 세 가지 시간을 행복하게 보내면 매일 행복할 수 있고 매일 행복하면 평생 행복한 것 아닌가?

그러므로 자신이 좋아하고 잘할 수 있는 일을 선택해야 하고 잘 쉬고 놀기 위해서 다양한 취미 생활을 하는 것이 좋고 숙면이 매우 중요하다. 숙면을 해야 아침에 기분 좋게 일어나서 행복한 시작을 할 수 있기 때문이다.

또한 매일 행복하기 위해서는 '시간 관리'가 필수이다. 24시간 1주일, 1개월, 1년을 무엇을 하며 어떻게 시간을 보낼지 구체적인 계획을 세울 필요가 있다. 남는 시간이 인생을 좋지 않게 만들 수 있다. 시간이 많이 남으면 잡념이 많이 생기고 잡념이 많이 생기면 욕망이 자라나서 탐욕이 생기게 되고 그러다 보면 자기가 꿈꾸는 인생과 어긋난 삶이 된다. 그러므로 남는 시간이 없도록 매일 자신의 인생에 충실해야 하고 그날 그날 계획한 것들을 실천하면서 소소하고 확실한 행복을 만드는 것이 좋다.

(2) 습관 관리

식습관, 운동 습관, 수면 습관, 음주 습관, 인터넷 습관 등 이 모든 습관들을 좋게 만들어야 하고 나쁜 습관은 빨리 끊는 것이 좋다. 그러기 위해서는 매일 밤 잠들기 전에 나쁜 생각이나 행동을 한 것이 없는지를 되돌아보고 나쁜 마음이나 습관이 들지 않도록 반성, 성찰을 하고 다시는 그런 나쁜 마음, 생각, 행동을 하지 않으리라 결심하고 좋은 의지를 다져야 한다.

며칠만 지속해도 습관이 되고 그 습관이 길어지면 나쁜 중독이 되어서 인생을 망치게도 한다. 연말에는 새해 초 세웠던 계획을 실천했는지 반성, 성찰하고 연시에는 모든 계획들을 반드시 실천하도록 자기의 의지를 강하게 하면서 노력해야 하고 1년 내내 즐기면서 열심히 보다는 꾸준히 하는 것이 더 필요하다. 그러기 위해서는 실천 가능한 계획을 세우고 처음부터 큰 욕심 내지 말고 작은 것부터 계획해서 실천한 다음 보다 큰 목표를 세우는 것이 좋다.

새해에 크고 많은 계획을 세워서 작심삼일 되지 말고 작은 것 하나라도 계획 실천해야 목표를 이루게 되어 성취감이 생기고 그 다음부터는 모든 도전이 덜 어렵게 된다. 젊을 때는 시간을 아껴 많은 것을 배우고 새로운 도전을 늘 하는 것이 좋다. 인생은 과정이 중요하고 과정마다 최선을 다해서 성과를 만들어야 하고 모든 인간이 왕족 같은 아니 그 이상의 삶을 누릴 수 있는 좋은 시대에 태어났으니 욕망을 조절하면서 즐겁고 행복한 삶이 되어야 한다. 왕족보다 나은 삶이란 돈을 무조건 아끼면서 모으는 삶이 아니지 않은가?

(3) 돈 관리

인간다운 삶을 영위하기 위해서는 돈이 필수이기는 하지만 돈만 쫓다 보면 돈의 노예가 되어 오히려 삶의 질이 떨어지게 된다. 돈을 무조건 안 쓰는 것보다는 "어떻게 잘 쓸 것인가?"를 신중하게 생각하고 선택과 결정을 더 잘하는 것이 삶의 질을 높이며 행복하게 살 수 있는 삶의 방식이다. 돈을 모으기 위해 하고 싶은 것들을 안 하는 것만큼 어리석은 일은 없다. 그것은 자기 인생보다 돈을 더 중요하게 생각하는 삶이라는 것을 보여 주는 것이고 자신이 돈의 노예임을 증명하는 것이다.

돈을 어떻게 쓰는 것이 잘 쓰는 것이냐는 가장 먼저 일 년 수입을 어디에 쓰는 것이 좋은지 우선순위를 잘 정해야 한다. 우리 모두는 각각 다른 인격체이므로 좋아하는 것과 중요한 것이 다를 수 있고 각각의 시기에 따라 우선순위가 다를 수 있다. 자기가 무엇을 좋아하는지, 무엇을 하고 싶은 건지를 정확히 알고 최우선 순위를 정해 돈과 시간을 쓰는 습관을 들여야 한다. 노후를 위해 저축할 필요는 있으나 자기 수입의 몇 분의 1을 할지 결정한 후에 중요하고 하고 싶은 것을 순서대로 신중하고 현명한 소비를 할 필요가 있다. 너무 많은 돈을 저축하다 보면 현재의 행복을 놓치게 되므로 지혜로운 소비와 저축이 필수이다. 노후 보장을 위해 부동산, 주식, 가상화폐 등 투자를 하는 것보다 더 좋은 방법은 평생 즐겁고 행복하게 일할 수 있는 직업을 가지는 것이다. 연봉이 높으면 높을수록 더 좋다. 2~3개의 직업을 가지고 동시에 또는 교대로 한평생 즐겁게 일하는 것도 노후보장이다.

현대인은 수명이 길어졌으므로 자기가 좋아하는 직업 2~3개로 일을 하면서 늘 높은 수입이 있으면 모은 돈이 많지 않아도 불안하지 않게 행복할 수 있다. 돈은 중요하고 하고 싶은 것들을 하기 위해 과감하게 지출하는 것이 좋다. 그러려면 중요하지 않은 것들에 대해선 지출을 최소화하는 것이 필요하다. 가장 중요하게 생각하는 것이 집인지, 차인지, 먹고 입는 건지, 패물 보석인지, 취미생활인지, 세계여행인지 자신의 욕망을 정확히 알고 우선순위를 잘 정해 지출해야 한다. 그러하지 않으면 나이가 들면서 아쉬움도 많이 생기고 후회하거나 노욕이 생겨 마음의 여유와 너그러움을 가지는 평안한 노후가 되기 어렵다. 여러분의 우선순위는 어떻게 되는가? 나의 경우에는 세계여행 – 취미 – 집이었다. 사람들이 하는 오해가 내가 돈이 많아 세계여행을 한다고 생각한다. 그러나 그것은 전혀 사실이 아니다. 나는 시간과 돈을 최우선으로 세계여행에 쓴 것뿐이다. 어떤 사람들은 돈이 없어서 세계여행을 못한다 한다. 그러나 그 사람들은 먹고 마시는 것에 내가 세계여행하며 쓴 돈보다 더 많은 돈을 쓰는 것을 본다. 중요한 것

은 우선순위이다. 우선순위를 잘 정해 중요하고 하고 싶은 것
부터 미루지 말고 실행하는 것이 현명하다.

돈에 지나치게 집착하지 말고 취미를 특기로 만들고 자격
증을 취득하거나 남들이 잘하지 못하는 기술로 실력을 쌓는
등 자기 개발을 통해 연봉 높은 직업을 얻고 돈과 시간을 행
복하기 위해 잘 쓰는 것이 한 번뿐인 인생을 후회 없이 잘
사는 길이라 생각한다.

부자가 되기 위해 무조건 돈을 모으며 생활에 찌든 인생을
살기보다는 마음이 편안한 행복을 추구하기를 권고하고 싶다.

모든 국민이 부자가 될 수는 없지만 행복해질 수는 있다.
돈이 많지 않아도 매일 좋은 마음, 생각, 의지를 가지고 좋
은 행동이 습관이 되면 매일 행복할 수 있다. 매일 행복하면
마음이 편안해지므로 여유와 너그러움을 가지게 되어 '마음
부자'가 될 수 있다. 돈부자보다는 마음 부자가 더 행복하다
는 진리를 마음에 새기고 마음 부자로 늙을 수 있도록 노력
하면 노화도 더디게 오고 건강하고 행복해진다.

그러면 구체적으로 무엇을 실천해야 마음 부자가 될 수 있
을까?

20대에 가장 최우선으로 해야 할 일은 실력을 쌓는 것이다. 실력은 학력이 낮아도 꾸준한 노력을 하면 갖출 수 있다.

내 직업인 영어 회화 강사, 통역사도 고졸이라 할지라도 발음이 좋고 유창한 영어를 구사하면 좋은 강사, 통역사가 될 수 있다.

반면에 미국 박사 학위를 가지고 있어도 발음이 나쁘고. 유창하게 구사하지 못하면 강사가 될 수 없다.

내가 학원 강사를 할 때 강사 1명 뽑는데 미국 박사 5명이 나왔다. 인터뷰를 해보니 언어학 박사 1명만 발음이 좋고 비교적 유창했다.

그들은 인맥이 없어서 시간 강사 자리도 못 구하고 있다고 말했다. 그러므로 공부를 잘해 명문대를 나오거나 학력을 높이는 것보다 실질적인 실력을 쌓아서 좋은 직업을 가지는 것이 더 중요하고 그 직업으로 최선의 노력을 다하면 돈은 절로 따라오게 된다.

요즘 방송에 나오는 요리사들을 보면 초등학교도 졸업하지 못한 요리사가 있지 않나? 세계여행 시 초등학교조차 졸업하지 못한 할머니가 홀로 한영사전을 들고 세계 여행하는 것을 본 적이 있다. 이 얼마나 멋진 일인가? 돈을 쫓다 보면 돈의 노예가 되어 행복과 멀어지지만, 실력을 쌓으면 돈이 절로 따라붙게 된다. 자기 직업이 무엇이든지 간에 긍지와 자부심을 가지고 꾸준히 노력해서 그 분야의 최고가 되도록 해야 한다.

돈이 따라오게 될 때 자신의 욕망을 잘 들여다보고 즉 자기 자신과 대화를 많이 해서 욕망의 우선순위를 잘 정하고 그 욕망을 충족시켜야 한다.

이때 그 욕망이 쾌락인지, 행복인지 구분하는 분별력이 필요하다. 쾌락의 욕망을 추구하면 나이가 들수록 욕망의 노예가 되어 행복할 수 없다.

무엇이 행복인지를 잘 알아야 하는데 행복의 욕망은 하면 할수록 만족감과 성취감이 커지면서 자연스럽게 욕망이 줄어들게 되므로 나이가 들수록 욕망에서 자유로워져 마음의 부자가 되어 행복한 장수가 되는 것이다.

젊은 친구들이여!

부모가 가난하다고 좌절하거나 포기하지 말고 꾸준한 자기개발을 통해 실력을 갖추어야 한다.

부모가 가난한 것이지 내가 가난한 것이 아니지 않는가?

젊음 그 자체가 특권이자 축복이다. 도전을 두려워하지 말자!

실력을 쌓아서 얻게 된 돈은 행복의 욕망을 위해서 잘 써야 한다고 여러 번 언급했다.

식욕, 성욕, 돈은 쾌락의 욕망이므로 하면 할수록 욕망이 줄어들지 않고 오히려 늘어나게 되므로 평생 욕망의 노예가 되어 자기 주도의 행복한 인생이 되기 어렵다. 행복의 욕망을 우선순위를 잘 정해서 돈과 시간을 효율적으로 쓰고 쾌락의 욕망을 절제하는 습관을 가져야 나이가 들수록 쾌락의 욕망으로부터 자유로워져 마음 편안한 노후가 될 수 있다. 그 다음에는 돈과 시간을 중요한 것에 우선으로 써야 하는데 문제는 인간마다 중요한 것이 다르기 때문에 생겨난다. 내 경험을 한가지 이야기하면 그 이야기를 읽으며 생각할 기회를 가질 수 있다.

크루즈

97년 미국 마이애미에서 출발하는 3박 4일 바하마 크루즈 여행을 했다. 크루즈 배에 타면 여러 장소에 뷔페 형식으로 먹을 것이 넘쳐나고 저녁 식사만 정찬을 한다.

첫째 날 저녁 배정된 테이블에 가 앉았다.

앞에 젊은 부부가 앉았고 맛있게 식사를 한 다음 긴 대화가 이어졌다. 대화를 통해 여자는 미국인이고 남자는 브라질인이라는 것을 알게 되었고 여러 가지 주제로 대화를 하던 도중 그 미국인 여자애가 뜬금없이 말하기를 "부모님이 엄청나게 부자인가봐."라고 말했다.

왜 그렇게 생각하나 물었더니 그 전에 대화한 내용을 말했다.

그녀가 묻기를 "어지럽지 않았어? 배가 흔들려서 토하느라 잠을 잘 못 잤어." 내가 대답하기를,

"아니, 나는 잘 잤어. 내 방은 맨 위층에 있어. 네 방이 아래층에 있구나."

그녀는 맞다 하면서 너는 아니냐 물었다.

이 말을 듣고 그녀가 내 부모님이 부자라고 말한 것이다. 나는 웃으며 전혀 아니라 했고 내 직업은 영어 회화 강사, 통역사이고 열심히 일해서 번 돈으로 크루즈 여행을 하고 있다고 말했다.

그녀가 뒤이어 말하기를 브라질 여행 갔다가 남편을 우연히 만났는데 결혼하자고 프러포즈를 해서 거절했더니 자기 집에 초대했단다.

풀장이 있는 대저택과(남미 여행 시 브라질 상파울루 위로 비행기가 날고 있었는데 이런 저택들을 많이 보았다.) 커피 농장을 소유한 부자여서 결혼을 승낙했단다.

나는 웃으며 그녀에게 말했다.

"돈을 쓰는 것은 돈이 얼마나 많으냐가 결정하는 것이 아니라 우선순위를 어디에 두고 쓰느냐에 달려 있지."

긴 대화 후 우리는 자리를 옮겨 대화를 이어가기로 했다. 남편들은 방으로 보내고 위층 분위기 좋은 곳에 앉아 좀 더 속 깊은 대화를 나눴다.

그녀는 직접적으로 방의 가격이 각각 얼마인지 물었다. 기억이 확실하게 나지는 않지만 낮은 층 방은 50만 원, 중간층 방은 100만 원, 높은 층 방은 150만 원 정도였던 거 같다.

그녀의 얼굴 표정이 안 좋아졌다.

"아무래도 결혼 잘못한 것이 아닐까? 커피 농장에서 일만 하는 거 아니야?" 하며 까르르 웃었다. 성격은 좋아 보였고 "성격이 팔자이다."라는 우리나라 속담을 말해주면서 지혜롭게 결혼 생활의 여러 문제들을 잘 풀어내면서 행복하라고 덕담을 건넸다. "첫 단추가 중요하니까 신중하고 냉철하게 생각하는 습관을 기르고 거절해야 하는 것은 처음에 확실하게 거절하는 것이 좋아"라고 조언도 덧붙였다. 그 이상의 얘기는 안 하고 말을 아꼈다.

영국에 있을 때 터키 왕족인 남자애가 일본 여자애에게 프러포즈를 했는데 거절했더니 터키로 초대해 가족들에게 인사도 시키고 집도 보여주었단다. 집이 왕궁이어서 방이 20~30개 되더라고 그 일본 여자애가 다른 일본 애들에게 말한 것이고 그 얘기가 온 학교에 퍼졌었다.

그 당시 학생의 비율이 일본 애들이 가장 많아 반 정도 되었고 한국 애는 나 외에 1명 있었다.

그녀는 신중하게 생각한 끝에 그 결혼을 거절했고 일본 여자애들의 의견이 분분했다.

나에게도 비슷한 일이 있었다.

하숙집에 터키 애가 왔는데 영어에 능숙하지 못했다. 교만하고 성격이 안 좋은 애들은 그런 친구들을 무시하곤 했는데 나는 비교적 영어가 부족한 아이들에게 따스하고 다정하게 대해줬다.

　12월 초 대부분의 아이들이 집으로 갔고 1~2년 장기 연수하는 일본 애들과 나만 남아있었다. 나는 3월에 와서 아직 1년이 안 되고 있었다.

　첫 번째 하숙집은 방이 4개이고 하숙생이 5명이었고 두 번째 하숙집은 방이 10개나 있는 대저택이었고 아이들이 모두 집으로 가고 나만 남아있어 크리스마스 전 가족이 보고 싶어져 나도 집으로 왔다.

　집으로 오기 전 원래는 2~3월까지 있으며 북유럽 오로라 여행을 가려고 했는데 하숙집 여주인이 12~1월 하숙집을 닫고 자식들 집에 놀러 가야 한다면서 다른 하숙집으로 옮겨달라고 요청했다. 그즈음 터키애로부터 전화가 왔다. 이즈밀이 집이고 방이 20~30개 되니 놀러 오라는 것이었다. "너도 터키 왕족이었어?" 물었더니 그렇다 하며 내 나이와 비슷한 사촌 오빠가 있는데 잘 생기고 학력도 나와 비슷하고 영어도 유창하게 잘해 잘 어울릴 것 같다고 말했다. 이슬람 국가들은 일부다처제로 4명의 부인이 허용된다. 내가 웃으며 "2번째 아님 3번째?"했더니 그녀도 웃으며 요즘 젊은 사람들은 일부일처라고 했고 나는 비혼주의자라고 답했다.

　이 얘기를 그 미국 애에게 했더니 그녀도 웃었다.

이 크루즈 이야기를 읽으며 여러분도 내가 무슨 말을 하고 싶은지 깨달았을 것이다. 돈을 지출할 때 무엇이 중요한지 신중하게 생각해 결정하고 직업과 결혼은 가장 중요한 일이므로 더욱더 여러 번 생각한 후에 현명한 결정을 내려야 한다.

그리고 크루즈에서 미국인 여자애와 대화하면서 절실하게 깨달은 것이 "내가 열심히 일해서 번 돈으로 당당하게 하고 싶은 것들을 하는 것이 가장 큰 행복이다"였다

흙수저 젊은 친구들이여! 은수저, 금수저 부러워하지 말고 실력을 쌓아 스스로 번 돈으로 멋지게 인생을 즐기자!

※ **꿀 팁**

크루즈를 하고 싶은 친구들은 우리나라에서 몇 개월 알바를 하거나 마이애미로 날아가 카페, 호텔, 레스토랑 등에서 알바를 하자.

크루즈 당일 비어있는 캐빈을 가지고 아주 싼 덤핑이 나오므로 아주 저렴한 가격으로 즐길 수 있다.

개인적으로 바하마 크루즈와 나일강 크루즈를 강력하게 추천한다.

제4장

직 업

영국 캠브리지대

　　행복하기 위해 가장 중요한 요건은 자신이 좋아하는 직업을 가지는 것이다. 아무리 돈이 많은 사람도 직업이 없으면 매일 시간을 어떻게 보낼지 몰라 지루와 권태 속에 있다가 쾌락에 몰두하게 되면서 도파민 중독이 되기 쉽다. 10대 중반이 되어서도 인생의 꿈과 목표가 없다면 어떤 직업을 가질지 신중하고 냉철하게 생각해 목표를 정하면 된다.

　　대부분 사람들의 목표는 특정한 직업일 것이다. 직업을 결정할 때 수입이 많은 직업을 택할 것이냐. 아니면 좋아하는 직업을 택할 것이냐 갈등이 생길 때는 좋아하는 직업을 택하라고 조언하고 싶다.

　　낮 시간의 대부분을 일하면서 보내는데 좋아하는 일이 아니면 행복하기 어렵고 스트레스가 쌓여 건강을 해칠 수도 있기 때문이다.

　　그래서도 좋아하는 직업을 선택하는 것이 좋으나 부모가 가난한 젊은 친구들에게는 첫 번째 직업은 연봉이 높은 직업을 택하고 어느 정도 경제적 여유가 생긴 후에 자신이 좋아하는 직업으로 바꾸는 것이 행복한 인생을 사는 비결이라 말해주고 싶다.

행복이 무엇이냐는 질문을 받을 때마다 생각을 했는데 행복은 객관적인 것과 주관적인 것, 절대적인 것과 상대적인 것 각각 다른 기준이 있지 않을까? 그럼에도 누구나 원하는 절대적이고 객관적인 기준은 좋아하는 직업 + 만족한 수입 + 원하는 결혼(행복한 가정)일 것이다.

돈을 쫓는, 돈의 노예가 되어서는 안 되지만 돈을 무시하고 초연한 척하는 태도도 바람직하지 않다. 자신의 수입에 만족하지 않으면 자존감을 지킬 수도 없고 행복하기 어렵기 때문이다. 그러기에 부모가 가난한 젊은 친구들은 연봉 높은 직업을 얻는 것이 우선이고 필수이다.

우리나라의 현실을 보면 태어난 지 몇년 후부터 1등 하기, 100점 맞기를 강조하면서 많은 아이들이 지식 과잉, 학력 과잉으로 가는 것을 본다.

각자가 자기의 개성과 적성에 맞게 인생길을 개척해야 하는데 그 반대로 거대한 집단이 한 방향으로 가니 경쟁이 심해질 수밖에 없고 이것이 우리나라 사람이 행복하지 않은 이유이다. 많은 인생의 우선순위가 뒤바뀌어서 지식을 머리에 넣느라 많은 시간을 보내다 보니 자신의 인생에 대해서 고민하고 방황할 시간조차 없다. 과거의 지식인 책에 있는 지식을 암기하느라 젊은 시절 시간을 낭비하는 것이다.

20대 유럽 여행 시 우리나라 20대 초반의 아이들을 20~30명 만난 적 있다. 몇 개월 여행하는 동안 그 정도 숫자이니 많지는 않았고 그들도 지금 50대가 되었겠다. 대부분 고졸이었는데 공부를 좋아하지 않아서 성적이 좋지 않아 대학에 가지 않았다. 아빠들이 돈을 주면서 유럽 여행을 하며, 무엇을 하며 어떻게 살아갈지, 어떤 직업을 가질지 등 많은 것을 생각하고 결정해서 오라 했단다.

그런 현명한 아빠들이 있다는 것이 다행이었다. 목표와 공부하고자 하는 동기가 있어야 공부도 하는 것이다.

고졸자들 대부분이 내가 다니는 영국 어학원에 관심을 가지며 올 수도 있다고 했다. 그중 가장 성실해 보이는 애가 올 것이라고 예측했으나 전혀 아니었다. 허허실실 느슨해 보이던 애를 만났다. 비자 카드를 들고 다니며 씀씀이도 컸다. 나에게 묻기를 내가 다니는 어학원에 전 세계에서 온 예쁜 여자들이 많냐고 물었다. 많다고 했더니 크게 웃으며 드디어 하고 싶은 일이 생겼다 했다. 아빠가 늘 자기를 한심한 놈이라 한다길래 공부를 못해서냐 물었더니 그것이 아니고 하고 싶은 일이 없어서라 했다. 아빠께 하고 싶은 일이 생겼다며 영어 연수를 하겠다 하면 많이 기뻐할 거라 했다. 10월 중순쯤 영국에 들어갈 거라고 하자 그 이후에 자기도 영국으로 들어와 하숙집에 오겠다 했다. 진지함이 부족하고 실없는 농담을 즐겨 하는 애라 거의 믿지 않았다. 그런데 왔다. 평생 그런 애들을 몇 명 만났는데 의외로 괜찮아서 편견이 깨졌다.

만난 아이들 중 대졸자는 1명뿐이었는데 하이델베르크 유스호스텔에서 동갑내기 남자애를 만났다. 얼굴 표정이 안 좋아 보여 이유를 묻자 레지던트 시험에 떨어져서라고 했다. 기분이 나쁘고 우울해져서 하루하루를 보내고 있는데 아빠가 한심하다고 호통을 치시며 혼자 유럽 여행을 하라고 명령을 내렸단다. 그래서 올 수밖에 없었는데 혼자 여행할 자신이 없어서 한국 사람 만날 때까지 하이델베르크에서 머물고 있는 중이라 했다. 내가 말했다.

"한심한 거 맞네. 시험이라는 것이 내년에 합격하면 되지. 나 같으면 오히려 잘 되었다, 하고 스스로 유럽 여행을 결정했을 거야." 즐겁고 행복한 유럽 여행을 하고 돌아가 공부 열심히 해서 레지던트에 합격해 좋은 의사가 되라고 덕담하면서 아마도 몇 년 후에는 레지던트 시험 떨어져서 유럽 여행을 한 것이 오히려 좋았다 하며 추억에 잠기게 될 거라고 말했다.

우리는 1주일 후에 베를린에서 만나기로 했다. 왜? 이 책이 많이 팔려 책 한 권을 더 출간하게 되면 그 책 안에 쓰려고 한다.

실패로부터 인생을 배우는 것이다.

실패를 두려워하는 인간은 새로운 도전을 하지 않고 인생이 단조롭게 되고 권태에 이르게 되어 행복과 멀어질 수 있다.

공부를 무조건 열심히 해서 1등을 하기 보다는 어떤 직업을 가질지 늦어도 중 1~2학년 때까지는 결정해야 하고 그 직업의 방향에 맞게 공부하면서 알맞은 고등학교에 진학하는 것이 현명한 선택이다.

그 직업이 대학을 가는 것이 꼭 필요한지 충분히 생각하고 그 직업을 가지기 위한 방향과 목표를 확실히 정하고 꾸준히 노력해서 반드시 목표를 이뤄야 한다. 주도권을 가지고 자신의 인생을 이끄는 것이 중요하다. 부모가 자기의 인생을 좌지우지하게 하면 안 되고 자신이 자기 인생의 주인 공이 되어야 한다.

자기가 좋아하고 원하는 직업에 부모가 반대한다면 부모를 설득해야 한다.

취직을 빨리하려고 하지 말고 우선 고수입이 가능한 직업을 얻을 수 있는 자격증을 따는 것이 좋고 영어 실력을 높은 수 준으로 끌어 올리는 것이 필수이다. 실력이 있어야 한평생 자 기 주도로 행복한 인생을 살 수 있다. 실력은 눈에 금방 띄고 판가름이 나는 직종을 선택해야 실력으로 승부할 수 있다.

우리나라는 여전히 후진적인 인맥 사회이므로 인맥이 없을 수록 실력을 갖추는 것이 필수이다.

젊은 시절 시간을 헛되이 보내지 말고 많은 사람이 하지 않는 것에 도전해야 지나친 경쟁으로 시간을 낭비하지 않게 된다. 다른 사람과 경쟁해서 이기려고 하지 말고 자신만의 꿈과 목표를 정해 자기 자신과의 싸움에서 이겨 그 꿈과 목 표를 성취해야 하는 것이다.

나는 초등학교 들어가기 전 세계여행의 꿈이 생겼기에 꾸 준히 영어 회화를 해 특기가 되어 직업이 되었다. 영어 회화 실력으로 조직에 꼭 속해 있지 않더라도 자유롭게 일하고 싶은 만큼만 일하면서 그 수입으로 세계여행을 했다. 대학 졸업 후 미국 유학을 가려다 오빠 입사 서류를 내러 가는 친구와 동행했다가 회사 측 인사과 대리의 권유로 공채 필기시험을 보게 되었다.

그가 하는 말이 "미국 유학을 가서 박사 학위를 따고 들어와도 인맥이 없으면 시간 강사도 얻기 쉽지 않은 것이 현실이야." 그 말이 나로 하여금 취직하기로 결단하게 만들었고 여성 최초의 대졸 사원으로 입사해 3년을 근무했다. 88올림픽 기간에는 잠실 운동장에서 우유, 치즈 등을 팔면서 보고 싶은 경기는 볼 수 있었다. 여러 나라 대사관 사람들, 사업가 등 많은 외국인들을 만났지만 인맥 쌓기에는 관심이 없었고 발령받은 지 얼마 안 된 신입사원이라 명함조차 없어 명함 교환도 하지 못했다. 여행자 유목민답게 "인연이 있으면 또 만나겠지"하며 다음을 기약하지 않았다.

한평생 인맥 쌓기에는 관심이 없었는데 요즘 왜 그랬을까 생각해보니 아마도 왕족 방계(세종대왕 형인 효령대군 후손)라 그런 것이 아닐까 싶다. 한평생 공부와 취미에 몰두하는 것도 같은 이유인 것 같다.

직장 생활 3년 근무 후 퇴사를 하고 영국에 갔는데 그런 결정을 한 것에는 남동생의 영향이 컸다고 앞장에 썼다.

남동생에게 고마운 마음이다.

영국으로 가 영어 연수를 하고 유럽 여행을 몇 개월 하면서 전 세계 친구와 만나 많은 대화를 하다 보니 빠르게 실력이 늘어 유창하게 구사할 수 있게 되었고 귀국 후 성인 회화를 가르치며 통역일도 많이 하게 되었다.

세계여행의 꿈을 이루기 위해서는 이 자유 직업이 좋을 거라 판단했기 때문이다. 남의 시선이나 사회의 틀에 맞추어 직업을 결정하지 말고 자신이 정말로 좋아하고 잘할 수 있는 직업을 선택해야 한다. 즉 DNA와 적성이 중요하다. 하루 중 일하는 시간이 잠자는 시간을 제외하고는 대부분의 시간을 차지하므로 좋아하지 않는 일을 하면서 행복하기는 어렵기 때문이다. 40대에 새로운 도전으로 변리사 시험을 치르고 1차에 합격했는데 일로, 세계여행으로 바빠 2차 시험 공부할 시간이 없어서 포기했는데 영어로 하는 일이 조금이라도 싫어졌거나 수입이 충분하지 않았다면 일과 취미 생활을 줄이고 2차 시험에 합격하기 위해 최선을 다했을 것이다.

요즘 환갑이 되어 드는 아쉬움은 대학 재학 시 외무고시에 합격해 외무 공무원을 10년쯤 했어도 좋았겠다는 생각이 든다. 대학 1학년 교양 과목만 있다 보니 싫증이 났었다. 도서실에서 이 책 저 책을 읽고 있었으나 목표가 없다 보니 재미없었다. 어느 날 외무고시가 떠올랐는데 외교학과 애들만 시험 볼 수 있는 자격이 있겠지, 혼자 생각하고 기숙사 같은 층에 외교학과 애가 있었는데도 물어보지는 않았다.

"이렇게 어리석을 수가!"

몇 년 후에나 다른 학과 출신도 볼 수 있다는 것을 알았고 보스턴에서 돌아와 처음으로 컴퓨터로 외무고시 검색을 했더니 나이 제한이 있어서 변리사 시험을 보게 된 것이다. 인생이란 것이 한평생 하고 싶은 일들에 집중하여 많은 것을 이뤄냈음에도 나이가 들고 보니 아쉬움과 후회가 전혀 없을 수는 없는 것 같다.

그래서 젊은 친구들에게 조언하고 싶다.

자신이 평생 일하고 싶은 직업 2~3개를 선택해서 10~15주년 주기로 바꾸는 것도 늘 좋아하는 일을 싫증 나지 않고 기쁘게 일하면서 한평생 더 행복할 수 있는 길이 아닌가 싶

다. 다른 직업으로 일을 시작하기 전에 1~2년 쉬면서 여행
이나 공부 등 자기 개발을 하는 것도 좋다.

(나는 40대에 3년을 그리했다.)

명문대에 가려고 공부하기보다는 첫 번째 직업을 목표로
공부를 해 실력을 쌓아 목표를 성취하는 것이 시대에 맞는
현명함이다. 즉 2~3개 직업을 목표로 늘 자기 개발을 해 그
직업을 얻어야 한다.

첫 번째 직업이 연봉이 낮으면 더욱더 자기 개발을 통해 실
력을 쌓아 직업을 바꿀 필요가 있다. 자식들 대학 공부와 결
혼을 위해서는 더 많은 돈이 필요한 시기이기 때문이다.

변리사, 회계사 등 자격증에 도전하거나 약대나 한의대에
편입하는 것도 좋은 방법이다.

얼마 전 오랜만에 약사 친구를 만났는데 공대 나온 친구
하나가 한의대에 편입해 공부한 후 현재 한의사로 일하고 있
다 했다.

30대 중반 학원 강사를 그만두고 아이들을 모집해 영어
회화를 가르치기 시작했는데 그 당시 우리 집 생활비를 책임
져야 하는 가장이었기에 최소 5백만 원 이상의 월 생활비와
세계여행을 하기 위해서는 연 수입 1억 정도가 필요했다.

　영어 회화 강사, 통역사로 일하고 있었으나 처음 1년간 수입이 어찌 될지 예측하기 어려웠으므로 몇 개월 후에도 5백만 원 이상이 안 되면 봄에 약대에 편입해서 약사 자격증을 취득해 집 근처에 약국을 개업하거나 페이 약사를 하면 3가지 직업을 통해 연봉 1억 이상이 가능할 것이라는 확신을 가지고 계획하고 있었는데 다행히 수입이 충분해 플랜 B를 작동시킬 필요가 없었다. 잘 가르친다는 소문이 나서 주말에도 하루종일 수업을 해야 했다. 주말에는 수업을 안 하고 싶어서 전화로 거절하면 물어물어 과일 상자를 들고 집까지 찾아와 설득을 해서 수업을 할 수밖에 없었고 그러다 보니 30대에는 수업이 너무 많아 쉴 수 없이 바빴다.

　그래서 40대에는 수업료를 3배 정도 올리고 수업을 줄여 취미 생활과 세계여행에 많은 시간을 보냈다.

　현재 잘 나가는 직업이 미래에도 늘 고수입이 보장되는 것은 아니다.

　세계여행을 하기 위해 시간과 수입이 많은 직업이 필요했으나 그 직업을 못 찾고 있었다. 영국에 가서야 학교 강사들 중 런던대, 옥스퍼드대, 캠브리지대 출신이 있었는데 그들과 대화를 하다가 그들이 그 직업에 대한 만족도가 높아 평생 직업으로 생각하고 있다는 것을 알았다. 영국 전역에 다수의 어학원이 있었고 자기가 원하는 기간만큼 근무하다 언제든지 원할 때 휴직을 하고 세계여행을 할 수 있으며 복직도 쉽고 다른 도시에서도 일자리를 쉽게 얻을 수 있는 것이 장점이다.

그 애들과 대화하다 "내가 원하는 직업이 여기 있네."했다.

변리사라는 직업을 알게 된 것은 대학 2~3학년 변리사 자격증 취득을 위해 공부하던 과 동기가 있었고 합격했다. 변리사 자격증이 생긴 지 얼마 되지 않았고 그 전에는 변호사가 그 일을 대신하고 있었다. 변리사는 특허 변호사로 자연과학 공부를 한 이과생들이 해야 하는 일임에도 변호사들이 기득권을 놓지 않아서 뒤늦게 생긴 것이다.

산업과 과학 기술이 발달하면서 특허권이 늘어나게 되고 드디어 변리사라는 새로운 직업이 생긴 것이다. 내가 변리사 시험을 보기로 결정한 이유는 국제 특허침해소송을 통역사 없이 할 수 있기에 재미있겠고 국익에도 도움이 되리라 판단했기 때문이다.

처음 생긴 자격증이라 비인기였는데 2천 년대 들어와 연봉

1위 직업이 되었다. 현재 잘 나가는 직업이 아닌 좋아하는 직업 2~3개를 가지고 평생 즐겁게 일하는 것이 시대에 맞는 직업관이라 생각한 이유가 여기에 있다.

그리고 영어 실력을 상 수준으로 끌어올려야 한다고 한 이유는 영어만 유창하게 잘하면 전 세계 어디에서든 어떤 직업이라도 가질 수 있기 때문이다.

학원 강사할 때 승무원 강좌를 열어 몇 명의 제자를 승무원으로 취직시켰다. 그 당시 우리나라 항공사는 영어 실력보다 외모를 중시했고 외국 항공사는 영어 실력을 더 중요시 여겼다.(대만 갈 때 Northwest, 영국 갈 때 British Airway, 한국으로 올 때 KLM을 탔는데 외모는 보통이었다.) 그래서 얼굴 못생기고 영어가 상인 제자를 미국 항공사 시험을 보게 했는데 합격했다. 영국에서 돌아와 얼마 있다 태국 여행을 갔는데 Thai Airways를 탔다. 동남아시아 항공사들은 유니폼이 붙는 것이어서 몸매도 중요했다. 외국 항공사를 이용하는 이유는 외국 항공사가 더 저렴하고 모든 외국사를 다 타보는 것이 목표가 되었기 때문이다.

얼굴과 몸매 예쁘고 영어가 상인 제자를 케세이 항공에 취직시켰다.

세계여행 다니면서 전 세계 항공사들은 거의 다 이용해 봤
는데 외국 항공사들은 상대적으로 장거리 노선에는 남성 승
무원들이 많고 할머니 승무원도 있다.

외모가 좋고 스포츠를 좋아하는 젊은 제자들은 클럽메드
에 취직시켰다. 인터넷이 없던 시절이라 정보를 몰라서도 취
직을 못하고 있었다. 제자들이 자기가 일하는 클럽메드에 놀
러 오라고 했는데 가까운 괌 PIC 에 가 다양한 스포츠를 일
주일 즐긴 적이 있기 때문에 가지 않았다.

학원 강사는 휴가가 없지만 제자들에게 얘기해서 등록을
하지 않고 그 다음 달 등록을 하게 해서 1년에 1개월 휴가는
갔다. 강사 1년 차때는 제자들을 데리고 일본에 갔는데 영어
에 대한 자신감을 갖게 하기 위해 그랬다. 우리가 영어로 대
화하고 있었는데 일본 애들이 갑자기 우르르 몰려들어 영어
한마디라도 하고 싶어 해서 그 애들과도 영어로 짧은 대화하
다가 이 사진을 찍었다.

요코하마

이곳은 93년 요코하마이다. 많은 곳에서 공사가 진행되고 있었다. 일주일 동안 도쿄, 요코하마, 하코네에 머물렀다. 도쿄역에서 하코네 기차, 등산열차, 케이블카, 배, 도쿄로 돌아오는 버스를 모두 포함하는 패스를 샀는데 저녁을 먹고 놀다가 버스터미널에 왔는데 마지막 버스가 갔다는 것이었다. 그렇게 일찍 버스가 끊긴 줄 몰랐다. 걱정하고 있는데 한 아저씨가 걱정하지 말라며 집에 가서 승용차를 운전하고 와 도쿄역까지 우리를 데려다줬다. 거의 2시간 가까이 되는 거리였고 그 아저씨 혼자 그 거리와 시간을 갔다. 얼마나 감동이었는지 그 친절함에 너무 고마웠고 나는 그 이후로 과거사와는 별개로 일본이 좋아져서 거의 전국 여행을 하다시피 했다.

가깝고 담백한 요리를 좋아해 일본 요리를 즐기고 노천 온천도 좋아해 40대 2박 3일 여행을 자주 갔다.

그래도 사람들이 전 세계 여러 나라 중에서 어떤 나라가 가장 아름답냐고 물을 때마다 나는 우리나라라고 답한다. 우리나라 여행을 많이 한 후에 20대 중반부터 40대 중반까지 20년 동안 세계여행을 했으나 세계여행을 거의 마친 40대 중반 다시 국내여행을 3년간 했다.

우리 조상들이 고향인 알타이를 떠나 동서남북으로 여행하다가 한반도가 가장 아름다워서 정착한 것이 아닐까 싶다. 국내 여행을 3년간 하면서 제주도에 1년을 머물렀다. 집과 제주도를 오가며 제주도 사계의 아름다움을 만끽했다. 전 세계 어느 섬과 비교해봐도 뒤쳐지지 않는 아름다운 섬이다. 괌, 하와이, 몰디브보다 난 제주도를 더 좋아한다. 90년대 10일 캠핑 했고 40대에는 1년을 머물렀다.

전 세계 젊은이들은 요즘 여러 나라에 정착해 다양한 직업을 가지고 일을 한다. 뉴질랜드에서 만난 캐나다 애 피오나

는 여러 나라에서 다양한 직업을 가지고 2~3년간 일을 한
다. 트레블 블로그를 가지고 있어 남미 여행 1개월하고 집에
돌아와 그 블로그를 들어가 보니 그녀도 남미에서 여행을 하
며 일을 하고 있었다. 우리나라에도 여러 외국인들이 다양한
일을 하면서 정착생활 잘하고 있는 것을 TV에서 본다.

　우리나라 젊은이들도 전 세계에서 직업을 찾을 필요가 있
다. 여행자 유목민들은 과거에도 현재에도 여행을 하며 다양
한 직업을 가지고 일을 해왔다. 아마도 여행 중 취미 생활하
다가 특기가 되고 직업이 되었을 것이다. 요즘은 디지털 시대
이므로 그들을 'Digital Nomad'라 부른다. 두바이나 요르
단 사막에 가면 사막 유목민인 베두인들을 만날 수 있다. 커
다란 천막을 치고 모래 위에 카펫을 깔고 거주하는데 TV,
냉장고 등 가전제품을 다 쓰고 있고 낙타, 말, 짚차 3종류의
이동수단이 있다. 도시 근처에서 거주할 때는 말이나 낙타
를 타고 장을 보러 도시로 나온다. 먼 거리 이용할 때는 짚
차로 이동한다. 사막 중앙에서 거주할 때는 카페가 되어 여
행객들에게 음료나 차를 판다. 정부가 도시의 아파트를 제
공해주며 정착민으로 만들려고 노력하고 있으나 거부하고
'Analog-Digital Nomad'로 산다.

앞으로 기후 위기, 식량 위기, 일자리 위기, 경제 위기, 전쟁 위기 등이 증가할수록 이 나라 저 나라로 옮겨 다니는 젊은이들이 늘어날 것이다. 그러므로 유창한 영어 실력은 필수이다. 전 세계에서 일을 하다 보면 절로 영어는 유창해지고 더 좋은 일자리를 얻을 수 있다.

어떤 직업을 가지는 것이 좋을까?

DNA에 있는 직업을 가지는 것이 가장 좋다.

그러려면 자기가 어떤 DNA를 가지고 있는지 알아야 한다. 일단은 자기가 좋아하고 하고 싶은 것을 최소 1년 이상 꾸준히 해본다.

DNA가 있으면 1년만 해도 아주 잘하게 되고 그것을 직업으로 가지는 것이 가장 좋다.

나에게 있어 영어가 그랬고 그래서도 영어회화 강사, 통역사가 된 것이다.

DNA가 없으면? 구체적인 직업을 목표로 하고 그 목표를 위해 무엇을 해야 할지 계획을 세운다. 1등 하기, 100점 맞기, 명문대 가는 것은 목표가 될 수 없다. 중학교 때 구체적인 직업을 결정하고 한 방향으로 일관성 있게 시간과 돈을 집중 투자해야 한다.

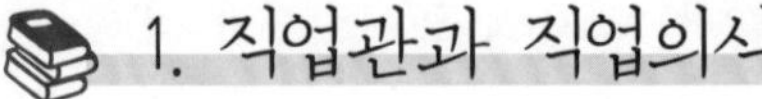

1. 직업관과 직업의식

직업관이란 말 그대로 직업을 바라보는 관점과 시각이고 직업의식이란 그 직업을 가지고 일을 잘하기 위해 가져야 하는 성실함과 책임감이다. 직업이 있어도 불성실하고 무책임하면 돈 버는 기계로 전락하는 것이다. 그러므로 어떤 직업을 가지고 있느냐보다 더 중요한 것은 자신의 직업에 대한 자긍심을 가지고 얼마나 당당하게 성실하고 책임 있는 자세로 일하느냐다. 직업에는 귀천이 없으나 자신의 직업에 대한 자부심이 약하고 즐기면서 일을 하지 못하면 자존감이 떨어져 자기 자신이 초라해진다.

우리나라는 아직 유교 잔재가 남아있어서 육체노동 하는 이들을 업신여기고 무시하는 이들이 있다. 이런 태도는 자신의 미성숙한 인품을 드러내는 것이고 교만한 것이다. 누구든지, 어떤 사람이든지 다른 사람의 직업이 무엇이든 간에 그것을 존중해야 한다.

인류는 초기에 토테미즘, 애니미즘, 샤머니즘 집단이 있었는데 샤머니즘 집단만이 인간 권력인 샤먼(무당)이 있었고 서열화가 심한 계급 집단이었다. 이 집단은 많은 노비를 거느리고 있었기에 노동력이 싼 것이다. 반면에 샤머니즘 집단이 거의 없었던 국가에서는 노동력이 비싸다.

　영국에 있을 때 긴 머리를 자르기 위해 미장원을 찾고 있었는데 다운타운에는 미장원이 없었다. 이상하다는 생각을 하며 사람들에게 물어 찾아갔으나 문이 닫혀있었다. 사람들에게 또 물으니 전화를 걸어 예약을 한다고 했고 전화를 해 둘 다 좋은 시간에 맞춰 예약을 하고 드디어 갔다. 긴 머리를 단발머리로 자르는 가격이 3만 원이었고 너무 비싸게 느껴져 그 후로는 가지 못했다. 남편의 친구는 3류 대학을 나와 취직을 못했는데 고졸에 미용사 자격증을 가진 여자와 결혼해 미국으로 이민을 갔다. 신혼 여행 갔을 때 그 친구 집이 LA 디즈니(도쿄 디즈니에 갔으나 남편 때문에 또 감. 거의 비슷.) 근처라 오랜만에 만나 저녁 식사를 하고 싶어서 남편이 전화를 했다. 밖에서 만나고 싶어 하는 우리를 자기 집에 초대해 같이 저녁 식사를 했는데 커다란 2층 통나무집에서 잘 살고 있었다. 미용사를 하면서 충분한 수입이 된다고 하길래 영국에서 있었던 일을 얘기하며 공감이 갔다.

사촌 여동생 딸이 호주에 가서 일식집과 카페에서 일을 하며 영어 연수를 하고 있다. 얼마 전 하는 말이 3년제 간호대를 입학하려고 한단다. 왜냐고 묻자 연봉이 1억이란다. 그래서 케이트 엄마가 케이트를 잘 기를 수 있었구나 했다. 케이트는 내가 근무하는 학원에서 영어를 가르쳤던 호주에서 온 강사이다. 케이트 엄마가 케이트 갓난아기일 때 이혼을 하고 혼자 잘 길렀는데 딸을 만나러 한국에 왔었다. 케이트 엄마가 간호사였는데 간호사 연봉이 높아서 혼자 당당하게 잘 기를 수 있었고 케이트도 그런 엄마를 보고 배우며 잘 자라서 20대 초반 나이에도 씩씩하고 당당했구나 생각했다.

우리나라에서 육체노동하는 사람들은 자기의 직업이 전 세계 어느 나라에서 가장 높은 대우를 받는지 알 필요가 있다. 그 나라로 가 정착해 삶의 질을 높이는 것도 좋다. 국가의 불평등한 구조와 제도에 대해 불평불만 한다고 해서 삶이 달라지는 것은 아니다.

도전을 시작해야 한다. 늘 시작은 어려우나 시간이 흘러갈수록 내 주도로 나은 인생을 만들 수 있다. 열린 마음과 긍정적인 사고방식이 있으면 전 세계 어디에서든 일자리를 찾을 수 있고 일하면서 영어가 유창해지면 더 좋은 일자리를 얻을 수 있다.

비행기에서 필리핀 여자 약사를 만난 적이 있는데 미국 약사 자격증을 따서 미국에서 일하고 있다 했다. 미국에 있는 사촌오빠 딸이 약학박사 학위를 땄는데 약사 자격증 시험은 어려워서 한 번 떨어졌다 했다. 아마도 전 세계 여러 나라에서 미국 의사, 약사 자격증을 따려는 사람들이 증가하면서 시험이 갈수록 어려워지는 것 같다

온 나라가 의료 개혁으로 시끄러웠다. 의사 친구가 있고 세계여행 중에도 의사들을 많이 만났다. 동네 병원 의사들 수입이 점차로 줄어 수입이 50만 원도 안되어서 병원문을 닫는 의사들도 있었다. 그런데도 의대 열풍이라 초등학교 때부터 의대 입학 학원 강좌가 생겼단다.

나라의 인재들이 과학 기술 분야로 많이 가야 국가의 발전이 되는데 바람직한 현상은 아닌 것 같다. 과학기술 분야든, 의사, 약사든 실력 있는 사람들이 대한민국을 떠나고 있다.

사촌동생이 대학 재학 시 미국으로 가서 자기 스스로의 노력으로 컴퓨터 공부를 해 오랜 세월 실리콘밸리에서 일하고 있다. 나이가 들고 홀어머니가 80대라 한국에 들어올 생각으로 연봉 협상하러 가끔 한국에 나온다. 미국에서 받는 연봉에 비해 턱없이 낮아서 들어올 수가 없다. 그러다 보니 실

력 있는 사람들이 한국으로 들어오지 못하고 또 떠나기도 하는 것이다. 몇십 년 전부터 그랬는데 요즘은 더 많다.

인류가 많이 진화되어 만년 넘는 신분 제도를 깨고 자유민주주의 국가가 되었어도 국가가 개인을 책임져주는 시대는 아직도 아니다.

90년대 유럽인의 정치 불신도 우리나라 못지않았다.

국가를 믿고 세금도 연금도 많이 냈지만 은퇴하고 보니 그들의 노후가 불안했다. 북유럽을 제외하고는 다른 유럽인들의 세금, 연금 저항이 심했다.

뉴질랜드에 한 달간 있을 때 은퇴한 유럽인들을 많이 만났다. 뉴질랜드에서 1년간 머물고 있었다. 그들이 이구동성으로 말하길 자식들에게 자기와 같은 삶을 살지 말라고 했다고 했다.

그래서 많은 유럽의 젊은 친구들이 Digital Nomad가 된 것이다. 여러 나라에서 비정규직으로 단기간 일하면 세금이나 연금을 내지 않아도 되기 때문이다. 정치 불신이 심한 나라일수록 젊은이들이 자국을 떠난다. 동구권이 몰락했을 때도 많은 동유럽 젊은이들과 독일 젊은이들이 자국을 떠나 자기가 원하는 나라에 정착했다. 미래에는 더 늘어날 것이다.

📚 2. 나의 직업

(1) 서울우유 근무

앞장에서 어떻게 서울우유 입사시험을 보게 되었는지 썼다. 3개월 수습사원으로 일하고 품질관리과에 발령받았다. 많은 일을 해야 했지만 주된 업무는 현장에 가서 생산되는 제품을 수거해 와 분석하고 이상이 없는지 확인하는 것과 특급호텔이나 롯데, 크라운 등으로부터 들어온 클레임 처리를 하는 것이었는데 아주 즐거웠다. 코카콜라에서 암바사가 만들어지고 있었기에 분유가 들어가고 있어서 신탄진 범양식품도 출장을 자주 갔는데 대전에 본가가 있고 외할머니가 90세 가까운 나이에도 정정하셔서 출장 갈 때마다 찾아뵙곤 했다. 외할머니는 내가 5~6세일 때 나라를 구하는 훌륭한 정치인이 되었으면 좋겠다 하셨고 나는 세계여행이 꿈이라고 말씀드렸는데 그 후로 내 꿈을 응원해주셨다. 요즘 생각해보니 할머니가 장수한 것이 손녀와 함께 세계여행을 간접으로나마 하고 싶으셨던 것 같다. 영국 유럽 여행에서 돌아왔을 때 이것저것 물으시며 많이 행복해하시고 즐거워하셨다.

여러 식품 회사들 클레임 처리하는 과정에서 그 실험실 사람들과 친해져서 서로 생산되는 제품을 교환해서 생크림은 커피에 넣어 마시고 피자 치즈가 생산되는 날은 오븐에 피자 토스트를 구워 먹곤 했다. 단백질 분석 실험은 긴 시간이 걸려도 좋아하는 실험이었으므로 아무리 바빠도 월 1회는 하려고 했다. 고졸 여직원들이 놀러 와 그것을 보면 늘 멋있다고 했고 여직원들 사이에 여러 갈등이 생겨 그것을 해결해달라며 여직원 회장으로 추대했다.

88 올림픽 기간 동안은 잠실에서 근무하면서 개막식도 보고, 보고 싶은 경기도 보며 올림픽 공원도 왔다 갔다 하면서 체조와 역도 경기도 즐겨봤다.

고대 식공과 나온 입사 동기와 피자힐에 가서 피자도 먹고 즐거웠으나 마지막 날 긴장이 풀렸는지 몸살이 나서 폐막식은 못봤다.

여직원 회장이 되었기 때문에 크리스마스 즈음 일주일간 일일 찻집을 해 수익금을 고아원에 보냈다.

봄에는 초등학교 운동장에서 여직원 운동회를 했다. 같은 고졸이어도 사무직과 현장직 여직원 간에 갈등이 있어 단합이 필요했다.

같이 할 수 있는 운동이 무엇이 있을까 생각하다 축구를 했다. 상상했던 것보다 너무 힘들어서 오래 뛰지는 못했다. 그때가 80년대였으니 아마도 우리가 최초로 축구를 한 여성이 아니었을까? 한평생 여성 최초가 많았다. 충남대 의대를 졸업한 의사 친구가 오산에 있는 한 병원에서 인턴으로 근무하면서 가끔 토요일에 실험실로 놀러 와 이것저것 먹으면서 즐거워했다. 나 또한 그녀가 레지던트할 때 토요일에 놀러 가 그녀와 함께 밤을 지새우기도 했다. 그녀의 힘든 인턴, 레지던트 전 과정을 지켜봤기 때문에 의사가 쉽게 돈을 번다고 비난하는 사람들 생각에 동의하지 못한다. 모든 직업에는 다 어려운 점이 있다. 어떤 직업도 돈을 쉽게 버는 직업은 없다. 어떤 직업이 쉽다고 말하는 사람은 그 직업의 실상에 대하여 잘 모를 가능성이 높다.

올림픽 때 같이 근무했던 고대 식공과 나온 동기가 대만 여행을 가자고 해 생애 최초의 해외여행을 89년에 갔다.

노스웨스트 항공 승무원인 친구들끼리 가는 여행에 우리를 끼워주었다. 그 승무원 중 한명이 동기였고 그 동기가 나도 함께 가자고 해 여행팀이 만들어졌다. 일등석 타는 승객이 아무도 없어서 승무원 특혜로 일등석을 탔다. 생애 최초로 탄 비행기를 일등석을 타다니? 우리 모두 흥분과 설렘으로 가득 차서 일등석 입구로 보딩을 했다.

승무원이 다양한 미니어처 양주 여러 병을 가져다 줘서 술 좋아하는 친구들은(친구가 아닌 처음 만나는 사람들이었지만 기내에서 금방 친구가 되었다.) 신나서 마시고 남은 것들은 각자 챙겨와 호텔에서 마셨다. 나는 맥주 외의 술은 마실 줄 몰라서 안 마셨으나 40대 대학 동기 모임에서 처음으로 1~2번 양주, 맥주를 섞어 마셨다. 어디에서? 텐프로 룸싸롱에서….

타이베이

타이베이에 도착하니 노스웨스트 지사장이 나와 있었고 우리를 다운타운에 있는 고급 레스토랑으로 데려갔는데 베이징덕 전문점이었다. 영어와 중국어로 그 승무원 중 한 사람의 친구가 대만 국립대 석사 과정에 있었기에 몇 시간 대화한 후 호텔에 체크인했다. 꿈 같은 일주일이 흘러갔다.

실험실에서 봄과 가을에 1박 2일 놀러 가는 것을 내가 주도하여 한팀은 등산 모임으로 바꿨다. 첫 산행은 오대산 소금강이었고 참여 인원은 몇몇 되지 않았다.

다른 팀은 술 좋아하는 사람들 모임이었는데 두 번째 산행도 내가 가보지 않은 두타산으로 정했고 술 모임에서 등산 모임으로 바꾸는 사람이 늘었다. 3년이 금방 흘러갔고 퇴사 후 영국으로 떠났다.

(2) 학원 근무

뒷장에 쓸 '인연'편에 학원에서 가장 가깝게 지내던 앤과 케이트 얘기를 쓸 것이고 아래 사진은 케이트가 호주로 돌아가기 전 우리를 찍어준 것이다. 케이트는 170cm가 넘는 보기 드문 미녀였는데 사진 찍히는 것을 너무 싫어해서 사진 한 장이 없어 아쉽다.

나 역시 마찬가지라 70~80개국 여행했어도 몇십 장 정도밖에 없다 보니 요즘 약간 아쉬움이 있다.

케이트도 50대 중반이 되었고 나처럼 아쉬움이 있을 수 있겠다.

학원
(왼쪽은 내가 뽑은 한국인 강사들이고 남자들은 미국인 강사)

15명 정원 50분 수업이다 보니 아이들 실력이 잘 늘지 않아서 제자들에게 좋은 아이디어가 없는지 물었다.

새벽반(6:30~8:30) 제자들 대부분은 30대 은행원과 무역회사 사장이었는데 무역회사 사장 중 하나가 저녁 수업 후 맥주 마시며 프리토킹을 하고 노래방에 가서 팝송을 부르자 했다.

그 제안을 받아들여서 주 1회 그런 모임을 했는데 제자들에게는 주 1회였지만 나는 5개 반에 모두 참여해야 했기에 매일 모임이 있었고 맥주 한잔을 마시다 보니 간이 나빠져 한달 만에 그만둘 수밖에 없었다.

알코올 분해효소가 많지 않아서 평생 아주 가끔 맥주 1~2잔 밖에 안 마시는데 요즘 알코올이 없는 맥주가 나와서 평상시보다 약간 더 마셨는데 알코올 0%는 아닌 것 같아서 요즘은 전혀 안 마시고 있다.

앤이 계약 1년을 다 못 끝내고 호주로 돌아갔고 앤 대타로 온 애가 케이트였다. 휴양림 가는 것을 좋아했기에 우리 반과 케이트 반 합쳐서 토요일 오후 휴양림에서 먹고 마시며 영어로 놀기를 했다. 가끔은 통나무집에서 자기도 했고 원하는 제자들만 돗자리든, 먹을 것이든 자유롭게 가져오게 해 영어로 수다 떨다 보니 실력이 향상되었고 그 소문이 나서 대학들로부터 수많은 제자가 몰려와서 고소득을 올렸다. 30대에는 힘든 산행은 가끔 하고 휴양림 통나무집을 많이 다녔다. 통나무집을 좋아해서 전국에 있는 휴양림 통나무집들은 별장으로 자주 이용했다. 우리나라는 산이 많아서 전국 곳곳에 통나무집들이 많으니 돈 들여서 별장을 짓지 않더라도 얼마든지 통나무집에서 즐겨 머물 수 있다. 40대에도 남편과 유명산, 중미산 통나무집을 가끔 가서 몇 박 며칠 머물렀다. 10대에는 온 가족 텐트 치는 캠핑을 좋아했는데 나이가 드니 통나무집이 훨씬 좋았다. 30대에는 일로 너무 바빠서 세계여행은 1년에 1회 정도만 갈 수 있었기에 주말에 휴양림 통나무집에서 자주 시간을 보냈고(특히 봄과 가을에) 겨울에는 스키를 주말마다 탔고 휴양림에 가는 것은 눈이 많이 쌓였을 때 갔다. 벽난로 앞에 앉아 케이트와 제자들과 도란도란 이야기꽃을 피웠다.

은행원 제자들이 수업 중에 점심 먹기 전 스쿼시를 친다고 말하는 것을 들어 스쿼시장이 어디에 있는지 물어 케이트와 스쿼시를 즐기게 되었고 볼링, 스키도 케이트에게 가르쳐주어 함께 즐겼다.

수업 중에 중국어 강사가 노크를 했고 무슨 일이냐? 했더니 자기 반에 미국 할머니가 들어왔는데 의사소통이 안 된다며 통역을 부탁했다. 중국어 반에 들어가 중국어 강사가 궁금해 하는 것을 물었다. 직업이 무엇이고 왜 중국어를 배우려고 하는지 제자들도 궁금해했다.

직업은 대학 교수였고 곧 은퇴하는데 은퇴 후 중국에 가 침술을 배우고 싶다 했다. 자신이 침을 맞고 건강이 좋아져서 그것에 관심이 생겨 새로운 목표가 되었다 했다. 2년쯤 중국어를 배우고 중국으로 갔다. 멋진 미국 할머니였다.

그 기간 중에 대전 엑스포도 있어서 제자들과 자주 그곳에 가 맥주 마시며 영어로 수다도 떨고 놀이공원과 과학관도 가면서 행복한 날들을 보내며 또 3년이 흘렀다. 케이트가 95년 2월 약혼식을 하기 위해 호주로 갔다. 나도 몇 개월 후 학원을 그만두고 아이들 가르치기를 시작했고 96년 케이트 결혼식도 볼 겸 엄마 모시고 호주, 뉴질랜드 1개월 여행을 갔다.

(3) 통 역

많은 통역 중 1주일 이상을 하고 기억에 잘 남아있는 통역 2개만 쓰겠다. 힐티에서 통역이 들어와 나갔는데 50대 기술

직 임원 스위스인이었다.

어느 날 사진 한 장을 보여주었는데 비슷한 나이로 보이는 여자와 같이 있길래 부인이냐 물었더니 결혼하지 않았고 여자친구라 했다. 그러면서 덧붙이는 말이 고등학교 동창이고 평생 연인이라면서 그녀 또한 전문직을 가지고 있어 둘 다 바빠 결혼은 안하고 1년에 1개월(유럽인들은 1개월 유급 휴가) 전 세계에 있는 도시를 다니며 몇십 년 함께 휴가를 보내고 있다 했다.

멋지다 생각하며 나도 스포츠를 함께 즐기는 남친과 그래 볼까? 즐겁고 행복한 상상을 했으나 몇년 후에 결혼했다. 나는 유럽인이 아니고 한국인이기에 우리나라의 사회적 통념과 국민 정서에 반하는 삶의 방식은 좋지 않다는 판단을 내렸기 때문이다.

또 다른 통역은 제자가 호주 연수 1년을 하고 돌아와 충남 도청 통역사로 취직했다.

취직하기 전 겨울에 내가 뽑은 또 다른 강사 한 명이 나와 같은 영국 어학원에서 1년 연수하고 유럽 여행도 한 후 돌아와 무주 리조트에서 스키 강사를 하고 있었다. 내가 그녀에게 스키를 가르쳐 줬고 나도 하고 싶었으나 수업이 너무 많고 기간도 3개월이라 그럴 수 없었다.

우리 셋은 무주 리조트 티롤 호텔에 묵으며 1년 동안 각자 호주, 유럽에서 있었던 일들을 얘기하며 행복한 수다를 떨고 있었다. 무엇을 할까 하길래 내가 영어 카페를 하자고 제안했다. 대전 시내 외국인 강사들이 늘어나고 있고 우리가 아침 수업 후 성심당(대전 빵집)에 모여 브런치를 먹는 것처럼 그 애들도 그런 장소를 필요로 하고 있었다. 세가 저렴한 외곽에 차려도 상관없으니까 카페를 열어 수업도 하고 통역도 들어오면 나가자며 작은 사업 아이디어를 말하자 모두 좋아했다.

나는 오후 3시부터 수업이 있으므로 점심 먹은 후 쉬다 수업 가고 그 친구들도 저녁에 학원에서 수업을 하게 되면 저녁 6시에 문을 닫으면 된다.

내가 만든 사업 계획표에 둘 다 동의를 해서 천만 원씩 내어 동업을 하기로 했는데 남자친구 누나가 암에 걸려 죽기 전에 결혼식을 보는 것이 소원이라 해서 갑자기 몇달 후에 결혼식을 하게 되어 없던 일이 되었다.

30대 중반이었고 더 나이 들기 전에 웨딩드레스를 입어보고 싶어서 결혼을 하기로 결단했다.

사업 계획이 취소가 되어 제자가 충남도청에 취직하게 되었으나 월급이 얼마 안되었다. 나처럼 아이들을 가르치는 것이 수입이 훨씬 많으니 그것을 하라고 조언했더니 자기는 나처럼 영어가 유창하지도 않고 서울대를 졸업한 것도 아니니 일단 통역사로 몇 년 근무한 후 그 경력을 가지고 아이들 모집을 해야 수월할 것 같다고 하길래 동의했다.

스스로 신중하고 냉철하게 생각해 인생길을 잘 시작하는 제자가 기특하고 대견했다.

어느 날 그 제자에게서 전화가 왔다.

도지사가 충남에 있는 사업가들과 호주에 있는 사업가들을 만나게 하여 사업 진흥을 시키는 목적으로 유성 리베라 호텔에서 만나 만찬을 하고 충남 전역에 있는 업체들을 호주 사업가들과 함께 다니며 통역을 하는 일이었다.

첫째 날 원탁 테이블에 앉아 만찬을 하는데 옆에 앉아있는 젊은 한국인 사업가가 떨고 있었다. 어디가 아프냐고 묻자 내 옆에 앉아있는 호주 여자애가 바비 인형처럼 너무 이쁘고 그런 서양 미녀를 앞에서 직접 보는 것이 처음이라 그런 것이라 했다. 내가 통역을 하자 모두 웃었다.

만찬 후 그룹별로 서서 다양한 주제로 대화를 하고 있었고 무역회사 사장들이라 기본 회화는 잘하므로 내가 필요하면 부르라 하고 제자와 대화를 하고 있었는데 한사람이 다가와 통역을 부탁했다. 내 그룹 사람이 아니어서 그 그룹 통역사가 있는데 왜 나에게 그러느냐고 묻자 자기보다 영어를 못한단다. 그럴 리가? 제자는 난처해했고 그는 왜 그런 통역사를 섭외했는지 기분 나빠하며 따져 물었다. 일단은 진정을 시키고 그 그룹으로 가 통역을 해줬다. 제자는 그 통역사를 불러 어찌 된 것인지 물었다.

일본어 통역사인데 통역비가 너무 탐이 나서(하루에 30~50만 원) 거짓말을 했단다. 제자는 너무 기가 막혀서 한동안 말이 없었다.

일본어는 상이고 영어는 중이라며 뻔뻔하게 말했고 그만두면 될 것 아니냐고 오히려 큰소리를 쳤다.

그 무역회사 사장에게 가서 내 제자이고 첫 직장이다 보니 실수가 있었던 것 같다 말하며 너그럽게 이해해달라 말하고 순수해서 상대방의 말을 무조건 믿은 것이 잘못이면 잘못이니까 봐주고 넘어가 달라 했다.

그런 사람이 세상에 존재한다는 것을 몰라서 그런 잘못을 할 수는 있으나 다시는 그런 일이 없게 하기 위해 일의 책임감을 무겁게 생각하지 않은 것은 잘못이니 그 잘못을 인정하고 그 무역회사 사장에게 솔직하게 진심을 다해 설명하면 될 것이고 다음부터는 직접 인터뷰를 해서 뽑으라 했다.

제자가 통역사를 뽑은 방식은 학원 원장들에게 전화를 해서 추천을 해달라고 했단다. 아마도 그 학원에 원어민 강사만 있었는데 원장이 순간 돈 욕심이 나서 일본어 강사와 함께 일을 꾸미고 통역비를 5:5로 나누려고 했던 것이 아닐까?

제자가 직장 생활이 처음이고 일을 한 기간이 짧아 절차의 완벽성을 기하지 않았던 것이 잘못이다. 추천 받은 강사들을 도청으로 불러 인터뷰를 직접 해서 뽑았어야 했는데 그 절차를 생략하다 보니 그런 일이 생긴 것이다. 실수와 실패를 통해 인생을 배우는 것이다. 그 후로도 몇 번 더 통역 요청이 들어왔으나 단기 통역은 하지 않았다. 직접 인터뷰를 하니 믿고 맡길 만한 통역사가 잘 없다 했다. 90년대 보다는 영어 잘하는 사람이 늘기는 했으나 아주 유창하게 구사하는 통역사는 여전히 드문 것 같으니 여러분도 도전해보길….

(4) 아이들 영어 회화 가르치기

90년대에는 사람들이 서로 좋은 것을 나누면서 경쟁이 심하지 않았다. 대전이어서 그랬을 수도 있겠지만 내 자식뿐만 아니라 친구 자식도 영어를 잘했으면 하는 마음으로 소개, 추천을 통해 많은 아이들이 들어왔다. 수업이 너무 많아 주말에도 쉴 수가 없었다.

어떤 엄마가 딸 수학을 가르쳐 달라고 했다. 공부를 못해서 대전 시내 외곽에 있는 고등학교에 들어가 기숙사에 있는데 주말에 집에 오면 우리 집으로 보내서 수학을 몇 시간씩 공부시켜 대전에 있는 삼류 대학이라도 들여보내 달라는 요청이었다.

주말 수업은 안하고 싶다 거절했으나 몇 번 와서 거듭 설득하길래 그 애를 맡았다. 중학교 수학부터 원리로 재미있게 설명하면서 실력을 향상시켜 드디어 대학을 보냈다.

주말에 어차피 수업을 하다 보니 다른 수업도 맡았는데 토익이었다. 식당을 하는 엄마가 찾아와서 자기 식당에 엄마들이 와서 밥을 먹으며 내 얘기하는 것을 듣고 왔다 했다. 아들이 고1인데 어떤 대기업에 취직하는 것이 목표라 했다. 공부를 잘해 부모는 입시 과외를 시켜 서울에 있는 명문대에 보내려고 했으나 아들은 시간과 돈 낭비라며 대학은 충남대에 입학하기로 결정하고 토익 공부를 하고 싶다 했다.

아마도 추측하기에 그때가 90년대 중반 즈음이었는데 대기업 입사시험의 경쟁이 치열해지고 있었던 것이 아닐까? 명문대 입학이 아닌 특정 대기업 합격이 목표인 것은 지혜롭고 현명한 선택과 결정이라 칭찬했다.

일찍 시작해서 토익 만점 가깝게 맞는 것이 대기업 합격 가능성이 높아지기 때문이다. 대학에 들어가서는 다른 자격증에 도전해서 공부하고 싶다고 했다.

서울대 재학 시 목표가 없던 아이들은 취직을 못하거나 연봉이 낮은 직장에 들어갔고 30대에는 비명문대 나와 전문직을 가지고 있는 비슷한 나이 또래에 비해 훨씬 연봉이 낮아 초라해지고 자존감이 떨어졌다. 학교보다는 학과를 잘 선택하고 구체적인 직업을 목표로 공부를 해야 한다.

40대 수도권으로 와 가르치게 된 제자는 초등학교 5학년 때 영어를 배우고 싶어 해 나와 인연이 되어 만났다. 초등학교 내내 다양한 취미 생활하고 잡다한 독서하느라 성적은 중간 정도라 했다.

영어를 잘하고 싶다는 의지가 생기고 있을 때 아파트 게시

판에서 내가 붙인 아이들 모집 홍보물을 보았던 것이다. 영어 학습지를 시키려고 하는 엄마를 설득해 우리 집에 왔다. 앞장에서 언급했듯이 나는 40대에 수업을 줄이기 위해 수강료를 3배로 올렸다.

엄마는 부담스러워하며 안 되겠다로 기울고 있었는데 사교육비를 들인 것이 거의 없으니 영어는 꼭 나에게 배우고 싶다고 고집을 부렸고 엄마는 생각 끝에 다른 애 1명과 같이 수강료를 반으로 내면서 둘이 같이 수업을 받기로 결정했다.

공부는 구체적인 목표와 동기가 있어야 잘하겠다는 의지가 생긴다.

나 역시 이 애와 비슷하게 초등학교 시절에는 잡다한 독서와 다양한 취미 생활에 몰두했다. 중학교에 들어와서도 전체 200~300등 정도였다. 2학년이 되어서야 서울대에 입학하기로 결정했는데 사촌 오빠가 중고등학교 내내 전체 1등을 하면서 서울대에 입학하겠다 했기 때문이다.

이 책 첫 장에 큰이모에 대해 언급한 것을 기억하고 있을 것이다. 이 오빠가 큰이모의 막내아들이었고 2년 차이라 어린 시절 같이 놀아주던 오빠였다. 사촌오빠에 이어 육촌언니도 오빠에 뒤이어 서울대에 입학했다. 동기가 더 강해져 나 또한 입학했고 셋이 학교 캠퍼스에서 만남을 했고 가끔 우연히 마주치기도 했다. 오빠는 현재 미국 대학에서 교수로 있고 언니는 박사 학위를 받은 후 연구소에서 일하고 있다. 약대 다니던 기숙사 친구가 어느 날 도서관 옆에서 언니와 대화하고 있는 것을 보고 내가 그 언니를 어떻게 아느냐 물었다. 그 언니가 약대 1년 선배였기 때문이다. 육촌언니라고 말하자 사촌오빠에 이어 육촌언니? 하며 웃었다. 그 친구가 졸업하고 미국 제약회사에서 3년 근무하다 내가 영국에서 돌아와 대전 부모님 집에 있을 때 대전에 약국을 차렸다. 내가 놀러 갔을 때 그녀가 하는 말이 "약국을 할 거면 충남대 약대를 갔지. 뭐하러 그리 고생하며 공부했을까."라고 했다. 맞다. 그래서도 구체적인 직업을 목표로 그 직업이 명문대 나오는 것이 필수인지 스스로 묻고 결정해야 한다.

그런 고민과 회의를 하다 그녀는 결국 수입 좋은 약국을 그만두고 대형 병원 약사로 취직했다. 그 병원에서 남편 누나가 암 수술을 하고 입원해 있었고 남편이 병문안을 가자고 해 그 약사 친구도 만날 겸 병원에 갔다가 죽기 전에 결혼식을 보고 싶다는 누나의 요청을 뿌리치지 못하고 결혼을 하게 된 것이다. 처음 만났던 누나와 약사 친구와 내가 인연으로 얽혀있어서 그렇게 된 것 같다.

초등학교 5학년에 영어를 시작한 제자는 중2에 용인외고에 입학하기로 했다. 같이 하던 친구가 몇 개월 후 이사를 하였고 그 후로는 혼자 하게 되었다.

최종 목표는 미국 대학에 가 박사 학위를 받는 것이었는데 집안 형편상 부모의 도움으로 그렇게 되기는 어렵기 때문에 용인외고 국제반에 들어가 미국 대학 장학생으로 들어가기로 했다.

공부 잘하는 방법을 알려줘 전체 1등을 하게 하고 TOEFL iBT도 만점 가까이 받게 해 용인외고에 입학시켰다.

미국 아이비리그 대학은 학사 과정에 장학금을 주지 않으므로 대학은 다른 명문대로 장학금을 받고 들어가 공부했고 석사, 박사 과정은 학비뿐 아니라 생활비도 보조 받으며 아이비에서 공부했고 프린스턴대에서 물리학 박사 학위를 취득했다.

여러 연구소에서 10억 이상의 연봉을 제시하며 데려 가려고 하는데 어디로 갈지 결정을 못했다고 전화로 엄마가 얘기했다. 딸 덕분에 부모의 노후가 편안해졌다. 1억 정도 투자해 1년에 10억 이상의 수입이 나오니 나를 선택한 딸의 결정이 옳았음이 증명되어서 나 또한 기쁘기 그지없다. 친구 딸도 나와 함께 2년 정도 영어를 한 후 조기 유학을 가 유펜을 나와 현재 높은 연봉을 받고 J.P Morgan에서 근무하고 있다.

내가 초등학교 때 외할머니가 내가 자라서 엄마 세계여행 시켜줄 거라 하셨는데 유럽 여행하고 돌아오는 비행기 안에서 엄마가 "엄마 말이 맞았네." 했다. 잘 기른 딸 하나 열 아들 부럽지 않다.

구체적인 목표를 중학교 때 정하고 일관성 있게 시간, 돈, 노력을 집중 투자하는 것이 가장 확실하게 목표를 성취할 수 있는 방식이다. 그러면 어떤 직업을 목표로 하는 것이 좋을까? DNA가 있는 직업이어야 한다.

※ 공부 잘하는 방법

100점 맞기, 1등 하기, 명문대 가기는 목표가 될 수 없고 목표를 이루기 위한 수단일 뿐이다. 구체적인 목표는 직업이 될 것이다.

그 직업을 얻기 위해 공부 잘하기가 필수인지 스스로 물어볼 필요가 있다. 공부 잘하기가 그 목표를 이루기 위해 꼭 필요한 학생만 공부 잘하는 방법을 통해 공부에 올인한 필요가 있다. 자기가 원하는 직업을 얻기 위해 필요한 것만 집중, 노력하는 것이 지혜로운 삶의 방식이다.

상위권 성적을 얻으려면 수학, 과학 공부를 최우선으로 할 필요가 있다. 암기 과목 점수는 아이들마다 비슷하기 때문이다. 전체 1등을 하기 위해서는 가장 먼저 수학, 과학 100점 맞기를 목표로 해야 한다. 목표가 성취되면 전체 등수가 상위권으로 올라오게 된다.

그러면 수학, 과학 100점 맞기 위해서 무엇을 해야 할까?

아침에 일찍 일어나 공부하는 습관을 갖는 것이 중요하다. 아침 시간이 머리가 맑아 집중이 잘되므로 효과적이기 때문이다.

일찍 자고 일찍 일어나는 습관을 만들고 아래 사항을 실천해보자!

① 원리를 이해하고 가능한 한 많은 문제를 풀어본다.
② 매일 아침 최소 30분 이상 어려운 문제를 풀릴 때까지 끈기 있게 푼다.
③ 시험에서 틀린 문제는 반드시 풀릴 때까지 다시 푼다.

④ 난이도가 높은 문제들이 많은 문제집을 방학 때 집중해
　서 모두 푼다.
⑤ 문제집을 많이 풀면 풀수록 실력이 향상된다.

그 후에는 암기 과목도 100점을 맞아야 전체 1등이 확실해
지기 때문에 교과서를 여러 번 읽자. 외우는 것보다는 이해를
하는 것이 우선이고 반복해서 읽다 보면 저절로 외워진다.
나 같은 경우 암기 과목을 좋아하지 않아서 집중도가 높지
않았다. 그래서 장소를 옮겨가며 교과서를 반복해서 읽었고
순간 집중이 약해지면 큰소리를 내어 읽기도 했다. 책상에 앉
아서만 하지 말고 소파, 침대, 식탁 등 옮겨가며 편한 자세로
공부하다 보면 순간 집중도가 높아진다. 집중력이 떨어질 때
마다 장소를 옮기면 된다.
제자에게도 이 모든 비결을 알려주며 해보라 했더니 효과 만
점이라 했다.
우리 때에는 요즘 아이들처럼 공부를 많이 하지 않았기에 이
런 방식으로 평상시에 공부하고 시험 보기 전 하루 이틀 공부
해도 전체 1~2등이 가능했는데 요즘 아이들은 초등학교 때
부터 부모들이 사교육을 시키다 보니 제자도 전체 1등을 빼

앗기지 않기 위해 시험 전 최소 2주 정도 공부했고 나는 그 기간에 세계여행을 했다.

공부하기 싫을 때 억지로 하면 효과도 없고 스트레스만 쌓이게 되므로 그럴 때는 푹 쉬거나 잘 노는 것이 필요하다.

※ 영어 회화 잘하는 방법

영어 교육에서 가장 우선으로 해야 할 일은 '듣기'이다. 3~4세부터 여러 사람의 영어를 많이 들려줄 필요가 있다. 외국어 교육도 모국어 교육과 비슷하다. 많이, 자주, 오래 듣다 보면 절로 말하게 된다.

① 3년 동안은 듣기를 시키고 말을 하기 시작하면 말하기 연습을 시킨다. DNA가 있으면 1~2년 이내에 말을 하기 시작할 것이다.

② 자기가 들은 문장을 반복해서 말하게 한다. 이때 발음을 똑같이 하기 위해 노력해야 한다. 듣기 다음으로 중요한 것이 발음이다. 원어민과 똑같이 발음해야 잘 들을 수 있게 되고 원어민도 자신의 말을 잘 알아들을 수 있

게 된다. (발음을 좋게 하기 위해 영어 노래를 부르는 것
도 좋다.)

③ 영어책을 많이 읽을 필요가 있다.

쉬운 것부터 시작해 난이도를 높이고 큰소리로 발음을
정확하게 해서 읽는 것이 좋다. 영어책을 많이 읽으면서
문장을 읽히게 되고 문장 속에서 어휘, 관용구, 문법 등
을 자연스럽게 배운다.

④ 다양한 분야의 책을 많이 읽어 어휘력을 늘려야 한다.

⑤ 스스로 많은 문장을 만들며 많이 쓸 필요가 있다.

⑥ 유창성을 늘리기 위해 중학교 때 배운 쉬운 단어만으로
친구들과 놀이를 하거나 홀로 놀이를 할 수 있다. 단어를
쓴 카드를 만들어 뒤집어 놓는다. 놀이가 시작되면 카드
를 뒤집어 나온 단어가 들어가 있는 문장을 10개 만들어
말한다.

⑦ 의문사(what, where, when, how, why)가 들어가
는 문장을 많이 말하거나 둘이 순서대로 말하며 게임
을 한다.

⑧ 여러 그림들을 가지고 와 보면서 영어로 설명하기를 한다.

위 모든 것을 말할 때 머릿속에서 영작하면 안되고 영어로 생각하기가 필수이다. 영어로 생각하게 되면 영어로 꿈을 꾸게 되고 그때부터는 빠르게 향상된다.

이 과정을 거친 다음에 다양한 주제를 가지고 이성과 논리로 생각하며 말하기와 쓰기가 잘되면 유창하게 말하기와 논리 정연하게 쓰기도 가능해지면서 빠르게 향상된다. 자신감을 가지고 꾸준히 연습하는 것이 중요하고 짧은 시간이라 할지라도 매일 연습하는 것이 좋다.

매일 하다가 힘들고 지치면 쉬어가면서 즐거운 취미가 되어 또 하고 싶을 때 시작하면 된다. 개인차는 있지만 1~3년이면 잘하게 되고 10년이면 아주 유창해진다.

영어 신문도 읽고 BBC, CNN 등도 자주 보고 듣게 되면 훨씬 더 잘하게 된다. 영어를 유창하게 잘하게 되면 전 세계에서 좋은 인연을 많이 만나 인생을 배우게 되어 행복한 인생을 살 수 있다.

제5장

행복관리

중앙 아시아에서 사온 기념품

　행복하기 위해서는 첫째, 행복이 무엇인지를 잘 알아야 하고 둘째, 나는 어떤 사람이고 무엇을 좋아하고 원하는지를 정확히 알 필요가 있다.

　행복은 우리가 느끼는 여러 감정의 조합이 아닐까? 만족, 기쁨, 흥분, 평안, 설렘, 안식, 절제, 조화, 균형, 평정 등등 정신이 건강하고 행복해야 육체도 건강할 수 있다. 그 이유는 정신과 육체가 호르몬으로 연결되어 있기 때문이다. 마음에 병이 생기면 육체에도 병이 생기므로 스트레스 호르몬이 최소로 분비되도록 매일 노력해야 하고 스트레스는 취미 생활이나 명상 등을 통해 그때 그때 빠르게 해소해야 한다. 행복의 절대적이고 객관적인 기준은 앞장 직업에서 언급했고 또 다른 행복의 기준은 사람마다 각기 다른 주관적인 것과 다른 사람과의 비교에서 느끼는 상대적인 것이 있고 시기에 따라 달라지기도 한다.

　어떤 사람들은 행복이 멀리 있다거나, 다른 사람 또는 물질이 행복을 가져다 준다고 믿는다. 그러나 인간이 행복하기 위해서는 외부의 요인보다는 내면 즉 정신 수양이 중요하다고 생각한다.

추상적이고 관념적으로 행복을 서술하기보다는 실천에 중점을 두고, 구체적으로 어떻게 행복할 수 있는지에 대해 쓰고자 한다.

성격이 가장 중요하고 교만하고 욕심이 많으며 마음이 좁은 사람과 행복한 척하는 사람은 행복할 수 없다. 가장 우선으로 해야 할 일은 행복하지 않으면 행복하지 않다는 것을 인정하고 매일 행복하기 위해 구체적인 노력을 해야 한다. 행복은 저절로 오는 것이 아니라 스스로 가꾸어야함을 자각하는 것이 필요하다. 행복은 객관적인 것 외에는 주관적일 수밖에 없으므로 나의 행복관에 동의하지 않는 사람도 있을 수 있다. 그래도 실천해보면 자신의 생각과 달라도 동감하게 될 수도 있다.

행복의 기본은 기본 욕구를 충족시키는 것이다.

모두 아는 것처럼 기본 욕구는 식욕, 성욕, 수면욕이다. 인간의 기본 욕구이므로 부족하거나 만족하지 못하면 기초 행복을 못 누리게 되지만 지나치게 되면 쾌락에 몰두하게 되면서 오히려 불행해진다.

쾌락은 행복과 달라서 만족이 없기에 끊임없이 욕망에 시달리게 되고 한평생 더 많은 쾌락을 추구하게 되면서 행복과 멀어지게 된다. 특히 식욕과 성욕이 그러하므로 늘 절제가 필요하고 약간 부족한 듯 할 때 멈춰야 행복이 되고 건강도 지킬 수 있다. 이 씨의 조상인 노자가 말하지 않았던가?

"넘치고 지나치면 부족함만 못하다." 노자는 이것을 삶의 철학으로 삼고 늘 약간 부족하게 유유자적 삶을 즐기며 150세 장수해 자신이 옳았음을 증명하였다.

수면욕도 지나치면 게을러져서 좋지 않지만 건강하게 장수하려면 충분한 수면이 필수이다. 최소 6~8시간 자는 것이 필요한데 현대인들이 너무 바쁘다 보니 충분한 수면을 못하게 되고 특히 인터넷 중독이 되다 보면 더 수면 부족에 시달리게 된다. 잠을 잘 자야 하루를 기분 좋게 시작할 수 있기에 첫 단추를 행복으로 끼게 된다.

어린 시절을 떠올리면 잠을 잘 자고 일어나 먹고 싶은 거를 먹고 입고 싶은 옷을 입고 학교에 가면 콧노래가 나오며 행복했던 것 같다.

즉 수면욕, 식욕, 의생활 등을 만족하면 행복이다.

학교 가서 수업 시간에 즐겁게 공부하고 친구들과 놀기도 하고 선생님들과 취미 생활한 후 도서관에서 읽고 싶은 책 몇 권 넣어 집으로 오는 길이 더 행복했던 것 같다. 즉 공부(일), 좋은 관계, 취미 생활을 하면 더 행복이다. 집에 와 숙제하고 책도 읽고 자기 전 부모님과 이런저런 대화를 나누며 잠자리에 들면 더 행복했다. 즉 대화와 자기 개발 등을 하면 더 행복이다. 자기 개발에는 앞장에서 언급한 자격증과 실력 쌓기 등이 있고 행복하기 위해 매우 중요한 취미 생활이 있다.

1. 취미 생활

　　　　돈으로 하는 소비 생활이 가장 기초적인 취미 생활이다. 자아실현 욕구가 적은 사람은 자연스럽게 소비 욕구가 많아지게 된다.

자아실현은 주로 일과 취미 생활, 여러 자기 개발로 하게 되는데 자아 실현에 집중하다 보면 소비를 할 시간이 적게 되므로 돈의 지출도 줄어든다. 취미 생활도 갈수록 수준이 높아져 쉬운 취미(독서, 음악 감상 등)부터 시작해 악기, 스포츠, 외국어 등으로 발전하게 된다.

취미 생활은 필수이어야 한다. 반면에 직업과 결혼은 필수가 아니라 선택이다. 즉 결혼하지 않는 비혼주의자도, 직업이 없는 가정주부도 취미는 필수여야 한다는 뜻이다. 취미 생활은 왜 필수여야 하나?

육체와 정신 건강에 좋고 공부나 일을 잘하기 위해서도 도움이 되기 때문이다. 취미 생활을 꾸준히 하면 정신력, 의지력, 집중력이 강화되어 공부를 즐기게 해준다. 또한 만병의

근원인 스트레스도 해소해주므로 건강해진다. 그뿐만 아니라 마음의 기쁨을 줌으로 행복해진다.

행복한 장수를 위해서는 돈과 시간을 취미 생활에 많이 투자하는 것이 좋고 어떤 취미 생활을 언제 하는 것이 좋을지를 인생 전반에 걸쳐 계획을 세워야 한다. 일과 다르게 취미 생활은 즐기면서 하고 싶을 때만 해야지 의지력으로 규칙적으로 하게 되면 오히려 스트레스가 쌓일 수 있다.

취미 생활은 감정 조절을 하게 해주어 평정심을 유지해주므로 정신 수양에 효과적이고 행복한 장수에 절대적으로 도움이 된다.

특히 성격이 급하고 참을성이 약하며 다혈질인 사람들에겐 취미 생활이 필수이다. 그런데 그런 사람들일수록 먹고 마시는 것을 좋아하고 취미 생활을 많이 안하는 것을 본다. 농경민 무당 집단에는 취미 생활이 거의 존재하지 않았기 때문이다. 육체노동을 많이 해야 했기에 운동, 스포츠는 하기 싫었을 것이고 한가롭게 악기를 연습할 마음의 여유도 없었을 것이다. 집단주의이다보니 다 함께 먹고 마시며 오락, 도박 등이 발전된 것이다. 더군다나 여행을 하지 않았기에 외국어를 해야 할 필요성도 못 느꼈을 것이다. 이런 이유로 이 DNA 비율이 높은 사람은 취미 생활 욕구가 낮게 되고 평생 취미 생활은 많이 하지 않으므로 삶의 질 또한 낮아진다.

자각이 필요하고 하고 싶은 욕구가 생기지 않아도 하면 좋을 취미를 정해서 의지를 가지고 꾸준히 습관화해야 한다.

취미 생활을 하지 않고 술로 스트레스를 푸는 사람들이 농경민 집단 DNA 중에는 많다. 이는 정신 육체 건강에 악영향을 끼친다. 평상시 고혈압이 아니더라도 감정을 못 다스려 혈압이 올라가면 뇌혈관이나 심혈관에 문제가 생기기 쉽고 빠른 시간 내에 수술하지 못하면 식물인간이 되기도 한다. 학원 강사일 때 6시 30분 수업이 첫 수업이었고 연이어 7시 30분 수업이 있었다. 6시 30분 수업에는 은행원들과 무역회사 사장들이 대부분이었고 7시 30분에는 목표 의식이 뚜렷한 대학생들이 많았다.

이 두 수업의 제자들은 취미 생활도 많이 하고 특히 새벽에 일찍 일어나 산책을 하거나 조깅을 하고 은행원들 중에는 점심 먹기 전 스쿼시를 하는 사람도 많았다.

저녁 수업에는 대부분 술 좋아하는 대학생 애들이 많았고 학원을 오는 길에 친구들을 만나면 친구 따라 술집을 가서 5일 중 2~3회만 수업에 왔고 1~2달 다니다가 그만두고 오지 않았다. 이런 애들 중에는 그 다음 해 1월이면 어김없이 등록을 하고 몇 달 만에 그만두는 애들이 있었다. 수업에 들어올 때마다 늘 하는 말이 열심히 하겠다는 것이었고 그때마다 나는 열심히 할 생각하지 말고 의지를 가지고 1년 이상 꾸준히 다니라고 비판, 조언했지만 의지력이 약해 늘 도중에 포기했다. 1년 이상 다니는 애들은 0.1% 정도밖에 안 되었고 그러다 보니 영어를 유창하게 잘하는 사람이 아주 극소수밖에 안 되는 것이다.

취미 생활을 꾸준히 하기 위해서는 정신력, 집중력, 의지력이 필요한데 어렸을 때부터 쉬운 취미 생활부터 시작해 꾸준히 해야 위 세 가지 자질이 향상해 어려운 취미도 꾸준히 즐겨 특기가 되고 직업이 될 수 있고 취미가 직업이 되면 그 자체로 행복한 인생이 되고 거기에 취미 생활을 많이 하게 되면 더 행복할 수 있다.

나는 초등학교 때 무용, 그림, 판화, 서예, 클래식 음악 감상, 노래 부르기, 스케이트, 롤러스케이트, 자전거 타기 등을 즐겼다.

클래식 음악 감상은 엄마가 하루종일 클래식을 듣는 매니아였으므로 일상이었다. 온 가족이 함께 캠핑을 즐기며 등산도 자연스럽게 하게 되었고 여행도 자주 했다.

이 모든 계획은 아빠가 늘 주도로 세웠고 우리는 열심히 따라다녔다. 어떤 날은 아침 조간신문에서 정보를 얻은 후 우리 남매가 학교에서 돌아오면 당일 저녁 야간 기차를 탈 것이니 배낭을 꾸리라고 하시기도 했다.

그래서 10대에 이미 전국 곳곳을 많이 다녔다.

정상까지의 등산은 고등학생이 되어서야 시작했다. 심폐 기능이 약한 나는 집에 두고 남동생만 데리고 집을 나서길래

뒤따라 나섰다.

처음에는 숨이 차서 수시로 쉬어야 했지만 포기하지 않고 정상에 올라 그 후로도 꾸준히 다녀 우리나라 명산 대부분의 정상까지 올랐다.

두타산, 지리산 화엄사~노고단, 덕유산 백련사~향적봉 이 세 가지 코스가 가장 힘들었던 것으로 기억된다. 중, 고등학교 시절 여름방학 때 계룡산이나 덕유산 무주구천동에서 주로 캠핑을 했는데 고1 때 내장산 단풍 여행을 갔는데 도로는 주차장이었고 인산인해였다.

중학교 1~2학년 때에는 걸스카우트 활동을 하면서 여름방학에는 수영을 배우고 학교 동산에서 캠핑을 했다.

중학교 3학년 때 피아노와 영어회화를 하기 시작했는데. 영어회화를 어떻게 하게 되었는지는 앞장에서 언급했다. 피아노는 방과 후 학교에서 걸어가다가 내가 피아노를 배우고 싶다 하자 언니의 친구가 피아노 레슨을 한다 해서 의사 친구와 함께 레슨을 받았다. 피아노가 유일하게 사교육비가 드는 취미였다.

그 당시 나는 왕복 3시간 정도 걸리는 통학을 하고 있었다. 고등학교 때도 방과 후 체르니30 레슨을 받으며 집에서는 내가 좋아하는 곡들은 장르에 상관없이 즐겨 쳤다. 내가 다닌 학교는 기독교 학교라 매주 강당에서 채플이 있어서 합창부가 성가대를 겸하고 있었다. 입학하자마자 음악 시간에 노래 시험을 거쳐 합창부 단원을 뽑았는데 그 시험에 뽑혀서 1~2학년, 2년 동안 합창부 활동을 했다.

고1 때 예술제를 했는데 우연히 운동장에서 사촌오빠를 만났다. 중3 때 시내에서 의사 친구와 둘이 걷고 있다가 오빠를 만났는데 또 우연히 만난 것이다. 요즘 생각해보니 인연이 이렇게 우연에 의해 얽혀지는 것 같다. 오빠가 미국 유학 가기 전 결혼을 했는데 의사 친구가 결혼식에 왔다.

합창 연습은 아침 7시부터 9시까지 하고 점심 때 30분 방과 후 1시간을 했다. 그러다 보니 아이들과 어울릴 시간이 절대적으로 부족했다. 10분 쉬는 시간에 농담과 장난을 하며 노는 애들이 있었는데 대부분은 공부에는 관심이 없으나 재미있는 애들이었다. 주로 그 애들과 쉬는 시간 많이 웃으며 보냈다. 행복하기 위해서는 좋은 관계도 필요하다.

  소풍 가서도 그 애들과 많이 어울렸는데 함께 즐겁고 행복했기 때문이다. 엄마가 청량음료를 못 마시게 했는데 이때 처음으로 마셔봤고 그 후로는 거의 마시지 않았으나 영국 가서 체리코크를 마셔본 후 그 맛에 빠져 자주 마시다 보니 거의 10kg이 늘어 공항에서 엄마가 나를 못 알아봤다. 요즘 환갑이 되어서 깨닫는 것이 엄마의 엄한 식습관 교육 때문에 맥이 안 잡힐 만큼 허약하면서도 이 나이까지 버티고 있는 것 같고 이빨도 튼튼한 편이다.

  대학 때는 도서관에서 잡다한 독서를 하느라 새로운 취미 생활은 하지 않았고 학교가 산에 있다 보니 일상이 등산이라 방학에 몇박 며칠 산행과 여행을 했다.

지리산 사진

졸업 후 직장 생활 시 새로 시작한 취미는 스키였다. 일로 바쁘고 그 당시는 토요일 오전도 근무라 일요일에만 아빠와 등산을 하곤 했는데 겨울 등산이 쉽지 않았고(그 당시 남동생은 호주에 있었고 엄마는 가벼운 산행만 했다.) 등산을 해 정상에 오르면 얼굴이 백지장처럼 창백해지면서 식욕이 없어져 아무것도 먹지 못했다.

그래서 30대부터는 정상까지 오르는 산행은 봄과 가을에 가끔하고 가벼운 산행을 주로 했다.

어느 일요일 아침 아빠가 잠을 자는 나를 흔들어 깨우며 스키를 타러 가자 했다. 아빠도 더 나이가 들기 전에 도전하고 싶었던 것 같다. 밖에 눈은 오고 있고 더 자고 싶어 하는 나를 몇십 분 동안 설득하셨다. 아빠 말을 듣다 잠자고 싶은 유혹을 떨치고 따라나섰다. 그 당시 직장이 경기도에 있어 출근하기 위해선 새벽 5시에 일어나야 했고 잠자는 시간이 늘 부족했지만 그날 잠의 유혹에서 이겨 드디어 베어스타운으로 스키를 타러 갔다. 그 후 양지, 용평, 알프스를 다니며 스키를 즐겼고 30대 대전에 있을 때는 무주리조트를 갔다.

등산과 달리 스키는 나에게 맞는 스포츠였다. 땀을 많이 흘리면 기진맥진 정신이 혼미해지고 식욕도 없어지는데 스키는 내려

가는 스포츠라 새벽부터 밤까지 하루종일 타도 기력이 완전 소진되지 않았고 오히려 타다 보면 머리가 맑아지고 몸이 가벼워져 붕 뜨면서 날아다니는 느낌을 받았다. 스포츠를 즐기는 사람은 이 느낌이 뭔지 알 것이다. 그날을 떠올려보면 위장이 비어 꼬르륵 소리가 나도록 배가 고팠는데도 무언가를 먹기 위해 스키를 멈추고 싶지 않아서 계속 탔더니 그런 상태가 된 것이다.

그 후 신체 내에서 생긴 그 변화가 무엇일까 생각하다 깨닫게 되었다. 물 외에는 아무것도 안 먹다 보니 에너지가 부족하게 되고 그래도 스키를 계속 타기 위해서는 에너지가 필요하므로 몸 안에 있는 물이 수소와 산소로 분해되고 산소는 머리에 빠르게 공급 되어 머리가 맑아지고 물보다는 수소가 가벼우므로 몸이 뜨면서 날아다니는 느낌이었던 듯하다.

어떤 사람들은 이런 느낌을 가진 후에 또 그런 느낌을 가지고 싶어서 운동을 너무 과하게 하다 급노화가 온다. 운동, 스포츠를 즐기는 모든 사람이 이 경지를 느끼는 건 아니다. 이것은 '몰입'과 상관이 있다. 위장이 비어 있어도 여전히 스포츠에 몰입하고 집중하고 있을 때 이런 경지에 오른다. 다른 취미 생활할 때도 마찬가지가 된다.

50대에 그림 그리기를 했는데 처음 1년 정도는 완전몰입 상태에서 하루에 10시간 이상 그리면서도 힘든 줄을 몰랐다. 나중에 싫증이 나서 1~2시간 그리는데도 팔도 아프고 힘들었다. 아무래도 무엇인가에 집중해서 열심히 할 때 인체 내에서 엔도르핀이 많이 분비되는 것 같다. 엔도르핀은 인체 내에서 분비되는 천연 모르핀이다. 그래서 엔도르핀이 많이 분비되면 육체적으로 피곤을 훨씬 덜 느끼게 되고 행복감을 느끼게 되므로 취미 생활에 열중하는 것이 정신, 육체 건강에 아주 좋은 이유이다. 행복과 관련된 호르몬은 엔도르핀과 세레토닌이다. 낮에 일과 취미 생활에 열중하면 엔도르핀이 많이 분비되고 저녁에 푹 쉬면서 마음이 편안해지면 세레토닌이 많이 분비되어 숙면을 하게 된다. 평생 맥이 잘 안 잡히게 허약하면서 환갑을 넘기고 있는 것이 이 두 가지 호르몬이 많이 분비되도록 일상생활을 잘했기 때문이라 생각한다.

나에게 가장 알맞은 스포츠인 스키를 20대 중반부터 40대 중반까지 20년 동안 사랑에 빠져 겨울을 기다리곤 했는데 40대 중반부터는 춥고 귀찮아 전혀 가고 싶은 생각이 안 들었다.

20대 알프스 스키장에서 60~70대에도 스키를 멋지게 타는 의사 할아버지를 만난 적이 있다.

나도 어느 날 문득 가고 싶을 때 가야지!

40대에는 일을 많이 줄이고 에어로빅, 재즈댄스, 요가, 첼로, 골프, 승마를 했다. 승마는 주로 외국여행할 때 했는데 골프와 같이 뉴질랜드에서 처음 시작했다. 제주도에서 말을 타 보긴 했지만 승마라 하기엔 짧은 시간이었다. 뉴질랜드에서 1시간 산악 승마를 했다.

농장 여주인이 자신의 애마인 맥스를 데리고 나왔다. 커다란 백마라 선뜻 올라타기가 약간 두려웠다. 백마는 태어날 때부터 하얀 것이냐고 물었더니 그것이 아니고 사람과 똑같이 말도 늙으면 털이 하얘진다고 했다. 자기 말을 손님에게 내주는 일은 거의 없는데 나를 보자마자 마음에 들었고 주인이 좋아하는 사람을 말도 좋아한다 했다.

말 위에 올라탄 사람이 심리적으로 불안정하면 말의 심리도 그렇게 되므로 편안하게 앉아서 있으면 말이 스스로 알아서 잘 갈 터이니 고삐를 잡아당기지 말고 길을 벗어나 숲으로 들어가도 그냥 놔두라 했다. 그 숲에 좋아하는 열매가 있어서 그것을 먹으러 가는 것이고 맛있게 먹은 후 다시 길로 돌아올 거라 했다. 그녀의 설명을 잘 듣고 맥스를 신뢰하면서 올라탔다. 그녀 말대로 그렇게 갔고 산악 승마 1시간을 잘 즐겼다. 뚜벅뚜벅 걷다 산을 내려가면 나오는 평탄한 길에서는 달리기도 했다. 멋진 백마였다.

뉴질랜드에서 승마를 하고 돌아오면서 조상들의 뿌리인 알타이에 가서 승마를 해야겠다는 단기 목표가 생겼고 얼마 후 알타이로 날아가 3시간 산악 승마와 1시간 초원 승마를 했다. 승마는 전신 운동이 되고 에너지 소모가 많지 않으므로 나같이 허약한 사람에게는 무리가 가지 않는 좋은 스포츠다. 말은 사람과 많이 교감하므로 말 위에 탄 사람이 두려워하고 무서워하면 말도 똑같이 느끼면서 사람을 떨어뜨릴 수 있다.

자기 조상들이 전혀 말을 타지 않은 경우에는 안 하는 것이 좋다. 돈이 많다고 누구나 할 수 있는 스포츠는 아니다. 위험

할 수 있으니 두려움이 생기면 말 위에서 내려야 하고 두려움이 없어질 때 올라타서 천천히 즐겨야 한다. 말을 좌지우지하지 말고 사랑하면서 신뢰를 하면 말이 알아서 잘 간다.

이 또한 DNA가 필요하다. 자기 조상들이 말을 많이 탔으면 처음부터 잘 탈 수 있다. 취미도 DNA가 있는 취미를 즐기는 것이 좋다. DNA가 있으면 짧은 시간 내 잘한다.

어떤 사람들은 취미 생활을 많이 하면 돈이 많이 든다며 안 하는 사람들이 있다. 그것은 돈이 아닌 인생 철학의 문제이다. 행복이 돈보다 훨씬 더 중요하지 않은가? 대부분의 취미는 1년에 150~200만 원 정도 든다. 동시에 여러 개를 즐기려면 돈이 많이 들지만 1년에 2~3개를 정해 평생 여러 개를 즐긴다면 한 달에 30~50만 원이면 충분하다. 먹고 마시는 돈의 소비를 줄이고 취미 생활을 많이 하는 것이 삶의 질을 높여 행복할 수 있는 길이다. 골프, 승마, 스키가 돈이 많이 드는 고급 취미라 말하는 사람들도 있지만 전혀 그러하지 않다. 바쁜 삶 때문에 젊을 때는 시간이 늘 부족해 가끔 즐길 수밖에 없고 나이가 들면서 점점 안하게 되기 때문에 오히려 큰돈이 들지 않는다.

특히 스키는 겨울에만 즐기는 스포츠라 1년에 5~6번 이상 가기 어려워서 1년 동안 매달 에어로빅이나 요가, 헬스

등을 하는 것보다 오히려 평균 취미 비용이 적게 드니 20대 부터 시작하는 것이 좋다.

골프도 30대부터 시작해 봄과 가을에 1~2번 꾸준히 즐긴다면 돈도 많이 안 들고 특히 많이 걸으면 좋은 운동이 된다. 나이가 들수록 평지를 걷는 것이 관절에 덜 부담이 되기 때문이다.

1악기, 1외국어, 스포츠는 도중에 포기하지 말고 어렵고 힘들더라도 강한 의지를 가지고 목표를 이루어야 한다. 인간이 동물과 다른 것은 이성을 발달시키고 취미 생활을 통해 집중력, 정신력, 의지력을 향상시키는 것이며 좋은 계획을 세우고 좋은 의지로 실행하는 능력이다. 공부 잘하는 것보다 이것이 인생에서 더 중요하다고 생각하니 젊은 시절 1분 1초라도 시간을 아껴 하고 싶은 것들을 모두 성취하기 바란다.

취미 생활은 정신력, 집중력, 의지력을 향상시켜 학교 공부와 성적 관리에도 도움이 되므로 학부모들은 자식들에게 초등학교 때부터 공부를 강요하지 말고 취미 생활을 많이 시키는 것이 필요하다.

그리해야 공부에 싫증을 내지 않고 스스로 공부하게 되어 궁극적으로 자신의 꿈과 목표를 이루게 되고 자기 주도의 인생이 될 수 있다.

우리나라 부모들은 사교육에 많은 돈을 쓴다. 여러 가지 사교육에 돈과 시간을 분산할 것이 아니라 초등학교 저학년에는 악기와 스포츠를, 고학년에는 서예와 외국어를 시키는 것이 좋다. 특히 산만한 아이들에겐 서예가 정신 수양과 집중력 강화를 시키므로 아주 좋은 취미가 된다. 취미 동아리를 만들어 꾸준히 하면 돈 안 들이고도 많이 얼마든지 할 수 있다.

보통 인생의 목표는 직업인 경우가 많다.

늦어도 중학교 때까지는 자신이 원하고 좋아하는 직업을 정하는 것이 좋고 그 직업을 얻기 위해 필요한 사교육에 집중투자하는 것이 효율적이다. 행복하기 위해 꼭 필요한 인생관은 '자신의 인생을 사랑하는 일'이다. 자신의 인생을 사랑하는 사람은 삶에 대한 열정이 많아지게 된다.

일에 대한 열정, 가족에 대한 사랑, 즐거운 취미 생활이 더해지면 더 행복해진다. 과거에 사는 사람은 우울하고 미래에 사는 사람은 불안하고 현재를 사는 사람은 기쁘고 편안하다. 자신의 인생을 사랑하여 매일 삶에 대한 열정을 가지고 현재의 시공간에서 충실한 삶이 되자!

2. 결혼

　　　　　어렸을 때부터 세계 여행의 꿈을 이루기 위해서는 결혼하지 않는 것이 좋겠다 생각했으나 중학교 때 제인 오스틴의『오만과 편견』을 읽다가 연애는 하고 싶어졌다. 세계 여행 중 만난 젊은 친구들에게 조언하기를 "결혼은 선택이고 평생 단 한 번의 연애는 필수이다."라고 말한다.

　누군가 결혼이 무엇이냐고 물으면 '새로운 가족을 만드는 일'이라 답한다. 더 나아가 행복한 가정을 만드는 일이다. 그래서 행복한 가정에서 자란 사람들은 결혼이 선택이어도 좋지만 행복한 가정에서 자라지 못한 사람들은 신중하고 냉철한 선택과 결정으로 새로운 가족을 만들어 행복한 가정을 이뤄야 행복해진다.

　30대 중반까지는 비혼주의자였는데 그 이유는 첫째, 세계 여행의 꿈을 이루기 위해서는 비혼이 더 좋겠다는 것이었고 둘째는 행복한 가정에서 태어나 자랐기 때문이다. 10대에 결혼하지 않겠다고 말했을 때 부모님은 내 선택을 존중해줬고 30대 중반 10년 친구(스포츠를 함께 즐기며)와 결혼했다.

그러면 왜 비혼주의자를 포기하고 결혼했을까? 부모님의 인생 철학과 교육은 "인간이 누릴 수 있는 행복은 다 누리는 것이 좋다."였다. 그 철학을 기반으로 신중하게 생각하다 더 늦지 않게 웨딩드레스를 입어보고 싶다는 욕구가 생겼다. 결혼 상대를 구하기 위해 중매를 통하는 것은 마음에 드는 방식이 아니었기에 10년 친구와 결혼하기로 했다. 직접적인 원인은 암이었던 남자친구 누나가 죽기 전 결혼식을 보는 것이 소원이라 했고 맏딸이 막내동생을 자식처럼 기르다시피 해서 엄마와 같은 마음이었다.

삼류 대학 나오고 가난하다는 이유로 반대했던 부모님도 혼자 늙어가는 것 보다는 결혼하는 것이 좋겠다 하여 승낙했다. 경주 이씨고 술을 못 마시는 것이 승낙한 이유였다. 부모님은 신분과 인생 철학을 가장 중요시 여겼고 모든 조건이 다 좋아도 그 두 개가 다르면 행복할 수 없다고 했다. 엄마도 돈 없는 전쟁 고아인 아빠와 결혼해서 한평생 굴곡 없이 평탄하게 행복했다. 30대 중반의 나의 모습을 보면 '청순미와 원숙미'가 어우러져 있어 결혼하기에 좋은 나이라는 생각이

들었고 둘이 만나 아이를 가지지 않고 내가 일해서 번 돈으로 자유롭게 세계여행 하는 것에 대해 반대나 간섭하지 않기로 합의하고 결혼식을 했다.

영국 유학 생활 시 런던대를 나온 우리 반 강사가 결혼했고 신혼여행 다녀온 후 집들이에 초대했다. 우리나라 결혼 문화와는 많이 달랐는데 축의금이 없었고 신혼부부가 필요한 가전제품이나 생필품을 리스트로 만들어 놓으면 어떤 물건을 사줄 건지 경제 상황에 맞게 체크를 하고 결혼 선물을 하는 것을 보았다. 혼수도 거의 하지 않았고 각자 쓰던 가구를 가져와서 쓰고 있었다. 조부모, 부모로부터 물려받은 엔틱가구가 있었고 그 가구들을 소개하며 가족 이야기도 함께 해주었는데 감동이었다.

나도 장롱, 침대만 사고 책장, 거실장, 피아노 등 어렸을 때부터 쓰던 가구를 그대로 가지고 와 여전히 잘 쓰고 있다. 각자 천만 원씩 내어 이천만 원으로 결혼식을 했는데 결혼식은 무료 예식장에서 했고 웨딩드레스는 그 당시 청담동에 50만 원대 드레스샵이 있어서 거기서 샀다.

여행을 좋아하기에 신혼여행을 미국으로 2주간 갔다. 모든 기획은 내가 해서 캘리포니아, 콜로라도, 플로리다주를 갔고 마이애미에서 출발하는 바하마 3박 4일 크루즈를 했다.

그 당시 유행하던 야외 촬영도 하지 않고 크루즈에서 웨딩드레스를 입고 야외 촬영을 대신했다. 웨딩드레스 아래가 길다 보니 걸음도 쉽지 않았는데 어떤 할머니 한 분이 다가와 말을 거시며 축복을 주셨고 무릎 꿇고 앉아서 웨딩드레스 아래쪽을 예쁘게 펼쳐주시기에 그 고마움에 감동해서 그 할머니 일행들과 대화를 하다 같이 찍었다.

미국 할머니

환갑이 되어 내 인생을 뒤돌아보니 결혼한 것이 잘했다는 생각이 들고 결혼 후 안정이 더 많이 되어 일과 취미 생활,

세계여행에 집중할 수 있었다. 그리고 한평생 그 세 가지에 몰두하고 집중하느라 늘 바빴기에 부부싸움 할 겨를도 없이 몇십 년이 흘렀다. 여행 중 만난 사람들이 이혼 안 한 비결이 무엇이냐 물으면 각자의 인생에 늘 충실하느라 함께할 시간이 많지 않아서라고 답했다.

50대 중반쯤 은퇴하고 시간 여유가 생겨 주말에 같이 밥 먹고 카페 가서 커피 마시고 강아지들과 산책하고 장도 같이 보며 시간을 보냈다.

요즘 남편도 은퇴하고 같이 있는 시간이 늘다 보니 가끔 티격태격하나 여전히 남편은 주로 집 밖에서 나는 주로 집 안에서 취미 생활하며 각자 자기 돈 잘쓰며 매일 충실한 인생을 산다. 젊은 부부들이 어떻게 하면 이혼 안 하고 행복하게 잘 살 수 있는지 묻는다.

결혼 전, 일과 취미로 자신을 행복하게 만드는 것이 우선이다. 자기가 좋아하는 일을 선택하고 한평생 일 중심이 되어야 행복할 수 있다. 좋아하는 일을 선택하지 않으면 관계 중심이 되어 사람에 지나치게 의존하게 되고 다른 사람에 의해 자기 감정이 널뛰게 되므로 행복하기 어렵다.

또 하나는 빠르게 집을 사겠다고 취미생활이나 문화생활을 후순위로 하면 생활에 찌들게 되어 행복과 멀어지게 된다. 행복하지 않으면 마음의 여유와 너그러움이 없어지면서 상대방의 작은 단점이나 잘못에도 쉽게 말싸움이 될 수 있다. (세계 여행 중 만난 많은 사람들로부터 들은 얘기다.)

결혼 생활에 중요한 것은 솔직한 대화와 취미생활을 공유하는 것이라 생각한다. 모든 관계는 비슷한데 관계의 기초는 상대방이 싫어하는 것을 하지 않아야 한다.

그리고 결혼은 오픈카를 타는 거와 같다. 환상이 크면 클수록 현실에 대한 실망도 크다. 환상과 기대가 커질수록 실망도 커진다.

미국 쏠뱅

오픈카를 타기 전에는 모든 것이 좋을 거 같은 환상을 가지고 있었다. 막상 타 보니 좋고 멋진 것만 있는 것이 아니었다. 바람에 머리카락이 쉼없이 날리고 시끄럽고 1주일 이상 타기 어려웠다.

젊었을 때 어른들이 하는 말이 오래 함께 산 부부들을 보고 고운 정, 미운 정이 쌓여 같이 산다고 했는데. 그때는 그것이 무엇인지 정확히 몰랐다. 이 나이가 되어서야 그 말이 무슨 뜻인지 알 거 같다. 고운 정은 대화와 취미생활을 같이 하며 쌓이는 거 같고 미운 정은 생각과 의견이 달라 티격태격하며 말싸움하다 화해하면서 쌓이는 거 같다.

15세에 만나 평생을 해로한 엄마, 아빠 인생을 떠올리다가 깨닫게 되었다.

그러므로 일과 취미 생활을 인생의 중심으로 삼고 미운 정, 고운 정을 쌓는 것이 행복한 결혼 생활의 비결이 아닌가 싶다. 그리고 자기 욕망은 절제하고 가족에 대한 책임감이 강해야 한다.

여러분은 어떤 취미생활을 하고 싶으세요? 결혼은 언제 어떻게 하고 싶으세요?

제6장

인 연

외국 친구들

　　　　　　세계여행 꿈과 목표를 이룰 수 있었
던 것은 하나님의 사랑과 은혜와 소중한 인연이 있었기 때문
이라는 것을 나이가 들면서 더 많이 깨닫게 된다. 앞장에서
썼듯이 나의 꿈은 세계여행이었고 목표는 ① 건강해지기 ②
영어 유창하게 잘하기 ③ 고소득 직업 갖기 였다.

건강해지기 위해 내 스스로 노력하고 엄마가 엄격한 식습
관 교육을 한 덕분이기도 하지만 야채를 의무로 매일 먹으
라고 하신 한의사 할아버지가 있었다. 아마도 같은 이씨였던
거 같고 핏줄로 엮인 인연이었던 듯하다. 이씨들이 식물 연
구를 해왔고 그 연구를 집대성해 본초강목을 쓰지 않았나?
세종대왕의 식습관을 보면 고기를 즐겨 드셨고 한글 창제하
느라 격무에 시달렸기에 50대에 돌아가셨다.

나의 직계 조상인 효령대군(세종대왕 형)은 불교에 심취해
있다 보니 고기는 최소로 먹고 큰 욕심 없이 유유자적 삶을
즐겨 90대 장수하였다.

두 번째 은인은 초등학교 2학년 담임 선생님이시다.

많은 남자아이들의 저항과 반대가 있었음에도 나를 최초의 여자 반장을 만드셨다. 처음에는 거절했는데 선생님이 나를 설득하셨다. 갓난아기가 있고 식모가 보고 있는데 수시로 전화를 해 요청하는 것이 많아서 선생님 집을 왔다 갔다 해야 하기에 여자 반장이 필요하다 하셨다. 나는 설득 당해 반장을 하고 남자아이들의 저항을 잠재우기 위해 많은 것을 솔선수범했고 나중에는 남자아이들도 많이 도와줬다.

세 번째 은인은 5학년 담임 선생님이고 서예를 가르쳐 줘서 정신력, 집중력, 의지력이 강화되었다. 5명 정도의 아이를 뽑았는데 모두 포기하고 나만 남았다. 똑같은 획을 반복적으로 쓰게 하셔서 부정적인 감정과 생각으로 복잡해져 나 또한 그만두고 싶었다. 그런데 다른 아이들이 포기했을 때 놔두었던 선생님이 나는 그만두면 안 된다 하셨다. 어쩔 수 없이 5학년 내내 붓글씨를 쓸 수밖에 없었는데 세월이 많이 지난 후에나 선생님의 마음을 알게 되었다. 병약한 내가 정신력이 약하면 인생 사는 것이 혹이라도 힘들어질까봐 그러셨던 거 같다. 첫 단추를 포기하지 않고 잘 끼웠기에 그 후로도 한평생 무엇인가를 시작하면 거의 포기하지 않고 잘 즐기면서 꾸준히 해 건강해지고 행복해졌다.

네 번째 은인은 교장 선생님이다. 나를 대전 시내로 전학을 시키라고 여러 번 부모님을 설득하셨다. 드디어 대전 시내로 와서 충남여중에 입학했고 다섯 번째 은인을 만났다.

다섯 번째 은인은 중3 때 충남대 캠퍼스에서 우연히 만난 미국인 교수 부부이다. 앞장에서 이미 썼듯이 한남대 뒤쪽에 있는 미국인 마을로 일요일마다 가서 예배를 보고 성경 공부를 하면서 영어 회화가 향상되었다.

대전 시내로 전학 오지 않고 회덕중학교에 갔더라면? 위 5명의 은인을 만나지 못했다면? 아주 많이 다른 인생이 펼쳐졌을 수도 있다.

한평생 소중한 인연이 어떻게 오는 것일까 궁금했는데 은퇴한 이후로 지나온 인생을 하나하나 생각하다가 정리가 되고 결론을 얻게 되었다.

① 나와 피가 섞인 사람들이 은인이 된다. 위에 언급한 5명
   이 이에 해당되어 나와 먼 혈연일 것이다.
② 조상들끼리 좋은 인연을 맺은 것이 있어서 후손들끼리도

서로 돕고 베풀면서 인연이 쌓아지는 것 같고 그 인연이

현재까지 닿아서 또 후손들끼리 만나게 되는 것 같다.

세계여행에서 만난 많은 인연이 여기에 해당 되는 것

같다.

③ 자기의 마음과 생각과 비슷한 사람들이 동시대에 우연

히 만나지는 것 같다.

(1) 도 라

도라(하숙집 앞에서 찍은 것이다.)

영국 하숙집에 도착한 날 내 룸메이트는 브라질 애였다.

잠깐 얼굴을 보면서 몇 마디 하고 긴 비행(British Air)으로

홍콩 경유 20시간이 넘게 걸렸다. 엄마와 함께 유럽 갈 때도

영국 항공을 이용했는데 그때는 베이징 경유여서 베이징에서 1박 2일 관광하고 런던으로 갔다.

긴 비행으로 잠도 잘 못 자고 하숙집에 도착한 나는 하숙집 아이들과 짧은 대화하고 샤워한 후 금방 곯아떨어졌다. 몇 마디 나눈 내용은 저녁에 하숙집 친구들이 학교 펍에서 환영 파티를 해준다는 것이었다. 그런데 잠에서 깨어보니 그 다음날 아침이었다. 내가 깊이 잠들어 있어서 친구들과 상의해 환영 파티를 연기했단다.

브라질 친구는 그날 브라질로 돌아가고 헝가리 친구가 온다 했다.

드디어 헝가리 친구 도라가 왔고 그렇게 우리 셋은 만났고 하숙집 앞에서 찍은 것이다.

도라와 나는 룸메이트가 되었고 우리 하숙집 애는 일본 애 미찌꼬, 스위스 애, 멕시코 애가 있었다. 도라, 나, 스위스 애는 아침형 인간이라 6시면 뒷마당에서 아침을 먹으며 수다를 떨었고 저녁 6시에는 모든 하숙생이 거실 옆에 있는 다이닝룸에서 저녁 식사를 하고 그 후에는 대화를 하거나 각자 책 읽고 음악을 듣거나 학교 펍에 가서 기니스를 마셨다. 아침 식사는 토스트, 계란 요리, 오렌지 주스, 우유, 커피였고 저녁 식사는 주로 각종 고기와 감자 요리와 콩 요리 그리고 샐러드였다.

점심은 주로 피쉬앤칩스를 먹었는데 영국에 도착한 며칠 후 피쉬앤칩스를 먹으러 식당에 갔다. 소금을 피쉬에 뿌리려고 소금통을 집었는데 앞에 있던 여자애가 달리다시피 와 소금통을 뺏으며 설탕이라고 했다. 똑같은 통 두 개가 있는데 내용물은 확인 안하고 무심코 들어 뿌리려던 찰나에 그녀가 막은 것이다. 덕분에 실수하지 않았고 둘이 막 웃으며 대화하다가 합석해서 같이 점심을 먹었다.

도라는 2개월간 머물렀는데 우리는 자주 브로드 스테어즈까지 걸어가 이태리 식당에서 파스타와 젤라또를 먹었다. 도라는 대학 시험에 떨어져서 'cambridge professional course'라는 높은 단계 수업을 듣고 있었다.

스위스 애가 나와 도라를 신기하게 생각했다. 도라는 영어 배운지 1년 정도밖에 안 되었는데도 DNA가 많았었는지 유창했고 나도 덕분에 빠르게 향상되었다.

2개월 후 도라는 헝가리 부다페스트로 돌아가 공부해서 가을 학기에 대학에 입학했다. 나처럼 잡다한 독서를 해서 박학다식했기에 우리는 매일 저녁 방 또는 펍에서 다양한 주제로 대화를 했다.

유럽 여행을 몇 개월 다니다가 가을에 알프스에서 1주일 머물다 도라에게 엽서를 보냈다.

토마스쿡으로 비인에서 부다페스트로 가는 기차 시간을 확인하고 며칠 몇 시 부다페스트 역에 도착하니 시간 있으면 나와 만나 점심을 같이 먹자고 했다. 헝가리는 무비자였고 비인에서 부다페스트까지 3시간 정도 걸렸다. 도착했을 때 도라는 아빠와 함께 나와 있었고 반가워서 어쩔 줄 몰라 하며 포옹하고 볼 뽀뽀를 나눴다.

나는 점심만 같이 먹고 헤어지려고 했는데 집으로 가자며 나를 부다 지역에 있는 작은 아파트로 데려갔다. 거실, 침실 2개, 화장실 2개가 있는 작은 아파트였는데 부모는 거실 소파베드에서 자고 도라와 오빠는 각각 방에서 잤다.

도라는 나에게 자기 방을 내주고 부모와 함께 소파베드에서 잤다. 의사인 엄마는 에스프레소 한 잔만 마시고 출근을 했고 며칠 후엔 아빠가 안보였다. 나는 미안해서 도라 식구들이 불편할까 봐 나오려고 했는데 나를 붙잡고 설득해서 2~3주를 머물렀다. 아빠가 나 때문에 안 들어오는 것이 아니라 페스트 지역 대형 맨션에 할머니(아빠의 엄마)가 혼자 살고 계셔서 아빠가 일주일에 2~3일은 할머니 집에 머문다 했다. 어느 날 할머니가 나를 초대하셔서 갔는데 100평 넘어 보이는 대형 맨션이었다. 도라와 함께 시장에 갔을 때 파프리카가 크기와 색깔이 너무 다양해 재미있었는데 매운 정도는 각기 다르다고 했다. 내가 매운 요리를 먹고 싶다고 하자 도라가 할머니에게 전화로 그 이야기를 했더니 할머니가 매운 헝가리 요리를 만들어 주신다며 초대해준 것이다.

매운 정도가 각기 다른 전통 요리를 맛있게 먹었다. 도라는 대학생이라 수업을 가야 했기에 나 혼자 점심을 먹을 때가 많았는데 도라가 부다페스트 맥도날드로 데려갔다. 그 당시 맥도날드 메뉴에 있는 필렛-오-피쉬를 좋아해서 자주 맥도날드를 갔다. 또 하나의 이유는 유럽은 화장실 이용하기 위해 돈을 내야 하는데 맥도날드에서 햄버거를 먹으면 화장실을 무료로 이용할 수 있다. 부다페스트 맥도날드가 2층으로 유럽 다른 도시에 비해 몇 배나 크고 좋아서 자주 갔다.

어느 날 도라가 점심을 시내에서 같이 먹을 수 있다 했다. 노천카페에 앉아 점심을 먹고 있는데 도라가 어떤 사람을 가리키며 이상한 옷을 입은 사람이 걸어간다 했다. 돌아보았더니 우리나라 비구니였고 이것이 무슨 인연이지 생각했다. 왜

냐하면 그녀를 우연히 스톡홀름에서 한 번, 파리에서 한 번, 두 번을 만났던 것이다. 그 이야기를 도라에게 하면서 우리 셋은 무슨 인연에 의해 여기 또 부다페스트에서 같은 시공간에서 스치는 것인지 궁금하고 신기했다.

(2) 미찌꼬

고등학교 1학년인 일본 애다. 명문대 나온 사람들이 직업을 가지지 못하는 것을 보면서 휴학을 하고 영어 연수를 왔다. 좋은 직업을 얻기 위해서는 공부를 잘하는 것보다 영어를 유창하게 잘하는 것이 더 중요하다는 스스로의 판단 하에 부모님께 영국 유학 2년을 보내달라고 했더니 반대를 하셨단다. 그래도 포기할 수 없어서 알바를 하여 1년 치 유학 비용을 모은 다음 부모를 설득했더니 결국 미찌꼬의 강한 의지에 부모가 지고 나머지 1년 유학 비용은 부모가 대주어서 2년 계획으로 와 있었다. 영어가 짧고 아침형 인간이 아니다 보니 우리가 아침 먹으며 대화하며 즐거운 시간을 보낸 후 7시 넘어 올라갈 때 미찌꼬는 아침 먹으러 내려와서 많은 대화는 하지 못했다. (내 방은 2층, 미찌꼬 방은 3층이었다.)

(3) 반 친구들

영국 문화원에 가서 어학원 리스트를 보고 아이들도 많고 유학 비용도 합리적인 곳을 선택했다.

유럽 여행을 하기 전에 2개월 학교에 있었고 1개월마다 강사와 학생들이 바뀐다. 10명 정원이었는데 첫 달 수업에 들어가보니 8명 정도 있었던 것 같다. 수업을 1~2주 한 후 기차를 타고 토요일에 캔터베리로 놀러 갔다.

우리 과는 한 달 내내 자유로운 주제로 9~12시까지 프리토킹을 하고 전 세계 여러 나라에서 온 친구들이었으므로 각기 다른 문화에 대해서도 대화, 토론했다. 두 번째 달 수업에는 쿠웨이트 애, 캄보디아 애, 중국 애, 그 외는 유럽 애들이었던 것 같다. 대만 애들은 수십 명이었으나 중국 애는 처음이었다. 공산당 간부 아니면 외교관의 아들이었던 것 같다. 혼자 유럽 여행하고 있을 때 스톡홀름 시청 앞에서 어떤 남자애를 만났는데 한국말을 하고 있어도 한국에 대해 아는 것이 별로 없었다. 우리나라에 대해 여러 가지를 물었는데 쉬운 것도 잘 모르고 있었다. 이유를 물어보니 어렸을 때부터 외국 생활을 해서 그렇다 했다. 요즘 생각해보니 그 애도 북한 외교관 아들이었던 것 같다.

　솔본느 대학에 다니는 캄보디아 애가 2개월 연수하러 우리 반에 들어왔다. 아주 예쁘게 생긴 여자애였다. 캄보디아가 공산화 될 때 파리로 온 가족이 망명해 왔다 했다. 처음으로 본 쿠웨이트 애였다. 학교에 다른 중동에서 온 애들이 더 있었는지도 모르겠다.

　유럽 아이들이 일부다처제에 대해서 물으며 약간 비판했다. 다행히 그가 이성적이어서 발끈하지는 않았다.

　아주 침착하게 일부다처제의 역사적 배경에 대해서 설명했다. 우리가 세계사에서 배웠듯이 중국뿐만 아니라 중동에서도 끊임없는 전쟁이 있었다. 초원 유목민들은 아들을 많이 낳았고 아들들이 전쟁에 나가 죽으면 형수나 제수, 조카들을 다른 형제가 책임져야 했다. 그것이 일부다처제의 기원이라고 그가 설명했고 유럽 애들도 많이 수긍했다.

(4) 카요와 지저스

　도라가 자기 반에 일본 애가 있는데 2년 가까이 있어서 영어 유창하게 잘하고 품성과 성격이 좋다 해 펍에서 셋이 같이 만나 친구가 되었다.

　오른쪽에 있는 애가 멕시코 애다. 같은 하숙집에 있고 미찌꼬의 룸메이트였다. 학교에서 1년 계약으로 일을 하고 있었는데 학비와 하숙비는 무료이고 생활비 정도의 월급이 있어서 그 애가 귀국하게 되면 내가 그 일을 맡은 다음 학교 측과 대화해서 강사 일자리를 얻어야지, 생각하고 있었는데 우리 집 경제 상황이 어려워져 포기하고 귀국했다.

캠퍼스에서 만난 여러 애들이 나와 비슷하게 생긴 남자애가 있는데 스페인 애이고 얼굴도 비슷하고 같은 위치에 보조개도 있다 했다. 어느 날 펍에서 카요를 만났는데 그 스페인 애 얘기를 하며 자기와 같은 하숙집에 있다 했다. 그 애도 자기와 비슷하게 생긴 여자애가 있다는 소리를 많이 듣고 나를 만나고 싶어 한다 했다. 나도 궁금해서 어느 날 셋이 같이 만났고 만나자마자 서로의 얼굴을 쳐다보며 어떻게 이런 일이 있을까 했다.

점심을 먹고 극장에 가 셋이서 영화도 함께 봤다. 그 후에 카요가 그 애가 단둘이 나를 만나고 싶어 한다 하길래 둘이 만났다. 그 애가 친구 하자고 제안했으나 그럴 수가 없었다. 둘이 너무 닮아서 빠른 시간 내에 친구 이상의 감정을 가지게 될까 봐 거절했다. 영국 가기 전 엄마가 국제결혼은 절대 안 된다 했다. 엄마에게 나는 비혼주의자인데 왜 그런 말을 하냐고 묻자 남녀의 마음이 서로 끌리면 결혼하고 싶어 할 수 있으니 외국 남자애와 데이트하면 안 된다 하길래 그러겠다 약속을 했다.

그 애에게 엄마와의 약속을 언급하며 상세히 설명했더니 이해해주고 존중해줬다. 그 후에 주말에 가는 옥스퍼드 여행에서 잠깐 만났고 그 후로는 보지 못했다.

엄마와 유럽 여행할 때 그 얘기를 했더니 엄마가 후회했다. 나와 세계여행 다니면서 우연히 만난 서양 애들과 자주 어울리다 보니 편견이 없어진 것이다.

은퇴 후 극동아시아에 있는 나와 스페인에 있는 그 애가 어찌 그렇게 닮을 수 있었을까 생각하다 답을 얻게 되었다. 이 씨는 황인종이 아니라 알타이에서 동·서 혼혈이 된 사람들이다. 알타이와 중앙아시아에서 혼혈이 된 후 내 조상은 동쪽으로 이동해 한반도에 정착한 것이고 그 스페인 애 조상은 서쪽으로 이동해 스페인에 정착한 것이다. 우리는 먼 혈연일지도 모른다. 오랜 세월 지나 그와 내가 영국에서 인연에 의해 만나게 된 것 아닐까? 그 애 이름이 예수님과 똑같은 지저스였다.

카요가 돌아가기 전 로체스터와 라이로 여행을 했다. 겨울로 들어가고 있었고 나는 겨울 옷을 사야 했다. 카요가 마음에 드는 옷 하나 고르라고 해서 그 옷을 입고 로체스터에 놀러 갔다.

(5) 학교 아이들

학교 아이들이 대략 200~300명이 되었는데 주말마다 학교에서 기획한 여행 프로그램이 있었다.

펍 순례

이것은 펍 순례였는데 시골길을 걸어가며 마주치는 펍마다 들려 간단한 스낵, 음료, 맥주 등을 마시며 자유롭게 대화하는 프로그램이었다.

20~30명 정도가 참여했고 5개 정도의 펍을 들렸던 것 같다. 걷고 먹고 마시며 여러 친구들과 수다를 떠는 행복한 하루였다.

(6) 카유미

2개월 학교수업에 참여한 후 5개월간 유럽 여행을 하기로 계획했다. 혼자 유럽 여행하는 것이 두려워 동행할 친구를 찾고 있었다. 한 여자애가 나를 찾아왔는데 일본 애 카유미였다. 그런데 얼굴이 못생기고 무서웠다. 잠깐 주저하다 다른 선택이 없어 같이 하자고 했다. 2주 동안 여행할 수 있다 해서 그녀에게 가고 싶은 나라를 선택하라 했다. 그녀는 북유럽, 독일, 오스트리아, 이태리, 프랑스를 가고 싶다 했다.

가장 먼저 북유럽으로 올라가기 위해 도버항에서 벨기에 오스팅드로 들어가는 페리를 탔다. 브뤼셀 가는 기차를 탔으나 기차 안에서 만난 사람들이 브뤼헤가 아름답다고 들러 가라고 조언했다. 계획에 없었지만 현지인들 말을 듣는 것이 잘하는 것이리라 판단하고 브뤼헤에서 내렸다. 작고 예쁜 마을이었다.

몇 시간 산책하고 시청 앞 카페에서 점심을 먹고 초콜릿 가게로 들어가 여러 초콜릿을 시식한 후 한 박스를 샀다. 2주 내내 달콤함을 즐기며 행복했고 그때부터 가장 좋아하는 초콜릿이 되었다. 야간 기차로 이동하고 암스테르담에서 1박을 한 후 코펜하겐으로 야간 기차로 이동 새벽에 도착하는 것이었는데 기차 안에서 잠이 들다 시끄러운 소리에 깨어났다. 기차가 배 안으로 들어가고 있었고 그렇게 코펜하겐에 도착했다.

같이 2주 여행하면서 무서운 외모와 달리 품성, 성격이 좋은 것을 알게 되었다. 앞에서 언급한 런던대학 나온 강사 존

도 혐오감을 느낄 만큼 못생긴 얼굴이어서 캠퍼스에서 마주
치면 피하곤 했다. 하숙집에 와 도라에게 말했더니 자기 반
강사라며 품성과 성격이 아주 좋고 박식하다며 칭찬을 했다.

5개월 유럽 여행 후 존의 반으로 들어갔다. 도라 말 그대
로 인품 좋고 성숙한 애였다.

앞에서 존의 결혼을 언급했다. 부인은 아주 예쁘고 착한
여자를 얻었다. 그 부인의 안목을 높게 평가하며 금방 친구
가 되었다. 카유미와 존을 만난 후에 외모에 대한 나의 편견
은 완전히 깨졌다.

외모가 안 좋은 애들은 품성과 성격을 좋게 하기 위해 노
력하는 것 같았다.

(7) 두 번째 하숙집 친구들

첫 번째 하숙집은 여자들만 있고 방이 4개인 작은 집이었
다. 남녀가 같이 있고 방이 8개 이상의 큰 하숙집에 있으면
서 곧 집으로 갈 애가 있으면 나에게 오라고 소문을 냈다.
일본 여자애가 와서 자기 집이 그런 집이라며 며칠 후에 일
본으로 돌아간다 했다. 룸메이트는 남미 콜롬비아에서 온 애
인데 햇빛을 못 봐 우울증에 걸려 1주일 후에 집으로 간다

했다. 그녀가 가서 나는 커다란 침실을 혼자 쓰게 되었다.

함께 그 집으로 갔는데 방이 10개나 되는 대형 3층 집이었다. 집은 마음에 들었는데 하숙집 여주인이 요리하는 것을 싫어한다 했다. 직접 요리하지 하며 학교에 가서 그 하숙집으로 옮기겠다 했다.

2층은 여자가 머물고 3층은 남자가 머문다. 욕실은 각층에 있었다. 여자는 스페인 애2, 스위스 애1이 있었고 남자애들은 이태리, 터키, 브라질이었다. 나를 포함해 7명이었다. 나중에 스페인 여자애들이 집으로 가고 그리스 남자애가 왔다. 우리는 자기 나라 요리를 즐겨 만들어 함께 먹고 저녁 식사 후에는 1시간 정도 거실에서 이야기꽃을 피웠다.

(8) 앤과 중국인 부부

영국에서 돌아와 통역 학원에 취직하면서 원장에게 원어민 1명을 데려오라고 했다. 비용을 절감하고 싶은 원장은 미국 애가 아니고 뉴질랜드인이면서 호주에서 10년 강사로 있었던 앤을 초청했다. 앤은 우리나라 궁궐을 좋아해서 자주 서울로 올라와 고궁을 즐겼다. 앤 때문에 고궁의 아름다움을 만끽하면서 한국인으로서 부끄러웠다. 그 후로 우리나라의 전통문화에 대해 훨씬 더 많은 관심을 가지게 되었다.

중국인 원어민 강사는 요리하는 것을 즐겨서 금요일마다 그의 집에 초대되어서 우리 모두 밤새 다양한 중국 요리를 즐겼다. 한국인 중국어 강사도 있어서 통역을 통해 수많은 대화를 나눴는데 그가 말하는 전설 신화 이야기는 황당하지만 아주 재미있었다. 요즘 중국 사극을 보는데 그 사극 내용이 그 중국어 강사가 말한 이야기들이어서 더 재미있게 보고 있다. 중국어를 배우고자 하는 학생들이 늘어서 얼마 후에 부인이 들어왔는데 굉장한 미인이었다. 중국 사극에서도 그녀만 한 미녀는 없었다. 고졸이면서 요리사인 남편과 왜 결혼했느냐고 묻자 돈 많은 남자라도 직업이 없으면 안되고 직업이 좋고 연봉이 높아도 바쁜 남자는 안된다면서 이런 사람들은 모두 제외시키고 자기는 평생 세계여행하며 여러 도시에서 살고 싶어서 요리사를 선택했다고 말했다. 세계 여러 도시에서 중국 식당을 열고 싫증 나면 다른 도시로 옮겨 또 중국 식당을 열고… 평생 그러고 살고 싶어 요리사와 결혼했단다.

그 부부는 지금 어느 도시에서 중국 식당을 하고 있을까?

(케이트 얘기는 앞장에 많이 써서 생략하겠다.)

(9) 태국 할머니

　태국으로 자주 가다 마지막으로 가게 된 곳이 영화(왕과 나)의 배경이 된 곳이었다. 여행객 5명에 젊은 여자 가이드 애가 나왔는데 숫자가 얼마 안 되다 보니 팁이 충분하지 않았다. 옵션으로 마사지 상품을 100달러에 팔고 있었다. 나는 동남아시아에 올 때마다 특급 호텔에서 젊은 여자들에게 마사지를 받았고 20~30달러를 썼기에 그 얘기를 솔직하게 하면서 100달러를 지불하는 대신 위생적이고 좋은 곳으로 가야 한다고 말했더니 그렇게 했다. 방콕 시내로 와서 그녀가 고맙다면서 마사지 잘하는 곳으로 나를 안내했다. 고마움의 표시로 이곳으로 데려왔으니 마사지를 누구에게 받고 싶은 건지 선택하라고 해서 키 작고 마른 할머니를 선택했다. (내 인생은 늘 할머니, 할아버지가 은인이었다.) 할머니가 시키는 대로 엎드렸더니 척추와 골반뼈를 만졌다. 그리고 묻기를 다리를 한쪽으로 꼬지 않냐 했다. 맞다고 하자 골반뼈(천장관절)가 틀어졌다고 했다. 그냥 놔두면 통증이 심해진다면서 그것을 바로잡아야 한다 하시며 올라오셔서 왼발, 오른발로 밟으시는데 뼈 소리가 나는데도 전혀 아프지 않고 시원했다. 할머니의 마지막 말씀이 다리를 한쪽으로 꼬지 말고 양쪽으로 교대로 꼬라 하셨고 그리했더니 이 나이에도 척추관절이 튼튼하다.

(10) 효봉 스님과 법정 스님

　엄마는 내가 어렸을 때부터 법정 스님의 글은 좋아해 즐겨 읽었고 그렇다 보니 나도 그렇게 되었다. 영국에서 돌아와 대전에 내려와 있는 선후배, 동기들을 만났는데 한 선배가 샘터에서 법정 스님이 우리 가족에 대해 쓴 글을 봤다 했다. 엄마, 아빠가 법정 스님을 만나 내 얘기를 했다는 것이었다. 그 글을 읽으며 마음속으로 "소영이 얘기인 것 같네" 했단다. 부모님이 서울대 나온 딸이 직장 생활하다가 그만두고 영국에서 공부하고 유럽 여행을 하고 있다며 엄마가 많이 걱정하고 있고 스님은 걱정하지 말고 딸을 믿으라 하시며 나도 자유롭게 여행 다니고 싶어서 스님이 되었다고 했단다. 집에 와 엄마에게 물었더니 "어 너 그걸 어떻게 알았어?"하며 엄마가 놀라워 했다. 자초지종을 말했더니 엄마도 신기해했다. 그 선배와 우리 가족이 법정 스님과 인연이 얽혀있는 것이다. 엄마가 말하기를 내가 영국에 있을 때 아빠와 단둘이 남도여행을 하다 문득 법정 스님이 만나고 싶어져 송광사 암자에 갔더니 다행히 스님이 외출하지 않고 계시더란다. 만남을 청했더니 젊은 스님이 요즘은 사람을 만나고 있지 않다고 하셨단다. 너무 많은 사람들이 만나러 와서 그런 원칙을 세웠다 하셨는데 그래도 스님 글을 좋아하는 비슷한 나이 또래 부부가 뵙기를 청한다고 전해달라고 했더니 스님이 나오셔서 셋이 여러 대화를 했단다.

10년 후쯤 보스턴에서 사촌오빠가 컴퓨터로 여러 가지 하는 것을 보면서 귀국해 컴퓨터를 샀다. 전 세계에서 내가 좋아하는 인물을 검색하다가 아빠 집안 큰스님이 누구인지 검색해봤더니 '효봉 스님'이었고 법정 스님이 효봉 스님의 제자였다. "아 그런 인연으로 얽혀있구나" 알았다.

몇 년 후 김주영 선생님과 제주도 올레길을 걷고 있었는데 선생님이 말씀하시길 "법정 스님 만나고 싶으면 만나. 저 집에서 요양하고 있고 류시화가 병간호하고 있어." 그 순간 생각하다 만나고는 싶었으나 암 투병 중인 스님에게 폐가 될까봐 안 만났다. 그 후 얼마 있다 스님이 돌아가셨다. 암 투병하다 돌아가신 엄마에 뒤이어 스님도 같은 병으로 떠나셨다.

(11) 김주영, 이어령, 정호승

교보문고에서 '김주영 소설가와 함께 하는 여행'이라는 제목으로 이메일을 보내왔다.

6년 정도 가르친 제자를 용인외고에 입학시키고 친구 자식들도 조기 유학 보낸 다음 쉬는 기간이었다. 그렇게 김주영 선생님과 2~3년 여행을 하고 서울 시내 맛집도 다니고 북한산 걷기도 했다.

김주영 소설가를 알게 된 것은 보스턴 다녀와 변리사 시험을 친 그즈음으로 기억된다. 어느 날 TV를 틀었는데 '김대중과 김주영이 함께하는 대담' 프로그램이었고 관심 있게 보고 들은 후 서점에 가서 홍어를 사가지고 와 읽었다. 선생님께 그 얘기를 하며 김대중 대통령과 가까운지를 물었더니 그 프로그램 때 처음 만난 것이라 했다. 김대중 대통령이 직접 전화하셔서 함께 대담을 하자고 청했단다. 전국 여기저기(주로 제주도) 여행을 하다 중앙도서관 앞 카페에서 북콘서트를 여시며 선생님이 좋아하는 사람들을 초대했는데 관심이 있는 정관용 님이 오셔서 커피 마시며 짧은 대화를 나눴다.

어느 날 북콘서트가 끝나고 인사동을 가자 하셔서 점심을 먹고 있는데 선생님께 전화가 걸려왔다.

이상 문학상 심사를 하기 위해 이어령, 권영민 등이 가까운 식당에 있다고 만나고 싶으면 같이 가자 했다. 이 또한 생각하다가 폐가 될까 봐 안 갔다.

이어령 선생님은 프레스센터에서 직접 뵙고 만찬을 한 적이 있고 권영민 교수는 대학 때 문학개론 강의를 듣고 싶었으나 인기가 너무 많아 수강신청을 하지 못했다. 그 대신 박동규 교수의 문학 개론을 들었다. 첫 강의 때 박목월의 아들이라고 소개하시며 "아버지보다 못생겼죠?"하며 좌중을 웃겼다. 김주영 선생님과 대화하다 박목월의 제자라고 하시길래 두 분의 마음의 결이 같고 유머 감각이 뛰어난 것도 같으시겠지 짐작했다.

정호승 선생님과의 첫 여행지는 경주였다. 대학 때 선생님의 시를 좋아했다. 1박 2일 여행했는데 독일 함부르크에서 오신 누님과 함께였다.

감포에 있는 한 식당에서 셋이 같은 식탁에 앉아 회를 즐기며 많은 대화를 나누었다. 선생님은 가족과 인생 이야기를 많이 하셨으나 공개하는 것은 바람직하지 않다고 생각한다.

그 후 코엑스에 있는 극장에서 우연히 만났고 어떻게 이런 일이 하며 둘 다 웃었다. 이런 것이 인연인 것이다.

(12) 비인 아줌마

점심 식사 후 프라하에서 비인으로 향하는 기차를 탔다. 예정대로라면 3시간 후 도착해야 했으나 그 이상의 시간이 지났어도 기차는 달리고 있었다. 영어 방송은 없고 독일어, 러시아어 방송만 있어 앞에 있는 아줌마에게 물어봤다. 다른 도시에 승객이 있어 다 태우고 가야 한다며 Local Rairway로 들어섰다 했다. 여전히 공산 전체주의 시스템 하에 있구나 하며 우리는 황당해했다. 기차는 밤 10시가 넘어서야 비인 서역에 도착했다. 환전소는 문이 닫혀 있고, 그 당시는 유로화가 아닌 각국이 자국 통화를 가지고 있어서 다른 나라의 화폐를 보고 쓰는 것도 여행의 즐거움 중 하나였다. 어찌할 줄 모르고 있는데 그 비인에 사는 아줌마가 택시로 중앙역까지 데려다주고 야간 기차가 모두 떠났으면 자기 집에 가서 자면 된다고 안심을 시켰다.

서둘러서 택시를 탔고 중앙역에 도착해 플랫폼을 향해 뛰었다. 다행히 스위스 취리히로 가는 기차가 서 있었다. 기차에 뛰어오르고 그녀와 볼 키스를 하자마자 기차가 출발했다. 고마운 비인 아줌마에게 전화번호조차 묻지 못한 어리석음을 기차가 한참 달리고 나서야 깨달았다.

택시에서 전화번호를 써달라고 해야 했는데…. 그 후로 여러번 비인에 갈 때마다 아쉬움이 컸다.

2. 기후 위기와 하나님

비인 아줌마 옆에 앉아 있던 30대 이태리인이 말하기를 70년대부터 세계여행을 하고 있는데 여러 곳에서 기후 급변이 생기고 있다 했다. 성경에서 나오는 대홍수로 인해 많은 육지가 침수될 거라고 삼면이 바다이고 작은 땅덩어리인 이태리도 거의 다 침수될 거라 했다. 그러면서 러시아 여행을 몇 개월 하고 돌아가는데 러시아 땅 중 침수되지 않을 땅을 찾아 온 집안이 그곳으로 가 정착하는 것이 여행의 주목적이라 했다.

나는 그때 세계여행을 시작하는 단계였으므로 그의 말을 들으며 반신반의했다. 영국으로 돌아와 그 이야기를 했더니 카요가 하는 말이 1년 동안 브리스톨에 있을 때 폭설이 와 터널을 뚫어 사람들이 왕래했다며 평생 이런 일은 처음이라고 말했다 했다.

그 후 세계여행을 하면서 세계 여러 곳에서 기후 위기를 느꼈다. 10월 말의 노르웨이 오슬로가 30도를 훌쩍 넘어 아이들이

상의를 벗고 분수대로 들어가 놀고 있었고 멕시코 칸쿤은 역대 가장 심한 허리케인으로 전체가 쑥대밭이 되었고 중앙아시아에서는 40도가 넘는 사막에 커다란 우박이 떨어졌다. 이명박 정부 때 한반도 대운하라는 대형 프로젝트를 진행하려고 해서 절대 반대를 했고 다행히 취소되었다. 한반도 대운하를 하면 빠르게 한반도가 침수될 수밖에 없기에 절대 반대한 것이다.

지구는 늘 빙하기와 해빙기를 거듭하고 있고 해빙기에는 산이나 바다에 있는 빙하가 녹아 해수면이 높아지고 수증기로 증발된 물이 폭우로 내리는 등 여러 기상이변이 일어나는 것이다.

앞으로 올 기후 위기는 인류가 처음 직면하는 기후 위기가 될 것이다. 인간의 재물욕으로 중국이라는 거대한 땅이 부동산 개발을 단기간에 했고(엄마와 유럽 여행 갈 때 1박 2일 머물렀던 베이징은 자금성까지 가는 주도로가 비포장이었고 양옆으로 아름드리 나무가 즐비했었다.) 캐나다 록키도 2차선 도로로 수많은 야생동물을 매일 볼 수 있었는데 20년 전 4차선으로 확장하고 관광지 개발을 하면서 야생동물들이 북쪽으로 올라갔다. 남미 아마존에서도 돈에 혈안이 된 인간들이 원시림을 다량 베었다. 거기다가 히말라야 근처에서는 거대한 핵실험도 한다.

교만하고 탐욕스런 인간들은 인류의 종말을 앞당기고 있고 전 세계 의식 있는 사람들은 아이를 낳지 않은 지 몇십 년 되었다.

부동산, 핵 개발 등으로 앞으로 올 위기와 재앙은 인류가 전혀 겪어보지 못한 상황으로 전개될 가능성이 크다. 내가 죽은 이후에나 내가 옳았다는 것이 증명되겠구나 했는데 요즘 여러 나라에서 다양한 기후 급변이 발생 되는 것을 본다.

환갑을 맞아 내 인생을 정리하며 나에게 가장 크고 아름다운 인연은 하나님이었음을 늘 깨달으며 감사기도를 드린다.

하나님의 은혜와 축복으로 기후 위기가 심해지기 전 15년 전에 세계여행의 꿈을 완성했다. 20년 세계여행 중 닥친 여러 위기를 슬기롭게 극복하게 하고 여러 사람들을 보내 도우셔서 무사히 세계여행의 꿈을 이루게 해주신 분도 하나님이시다.

여러분도 하나님을 믿고 자신의 인생을 온전히 맡기고 스스로 노력하면 모든 꿈과 목표가 이루어짐을 알고 깨달았으면 한다.

요르단에 가 아라비아 로렌스가 사랑했던 사막을 탐험하고 할아버지 가이드를 만났다. 그는 나를 여왕이라 부르며 왕관 브로치를 선물로 줬다. 그러면서 인생은 짧으니 "Don't lose any second!"라 했다.

요르단 와디럼 사막

　시리아 아람 마을에서 돌이 쌓여 있는 언덕 마을에 기독교 교회, 가톨릭 성당, 이슬람 모스크가 모두 존재하며 마을 사람들이 각기 다른 종교를 가지고 있으면서도 서로 존중하며 행복하게 살고 있는 것을 보았다.

시리아 아람 마을

　나중에 인터넷을 검색하다 예수님의 모국어가 '아람어'이고 아람어로 아빠와 우리말의 아빠가 똑같이 영어로 Dad라는 것을 알게 되었다.

　아람 마을의 건축 자재는 돌과 나무로 우리 이씨들의 건축 취향과 똑같았다. 우리 조상의 원시 신앙도 돌과 나무를 숭상하고 생명을 보호하는 것이었다. 전 세계 이런 자연보호 사상과 철학을 가진 사람들이 곳곳에 나무를 심었다. 그래서도 인류는 자연보호와 생명보호를 하며 근대까지 잘 오고 있었는데 샤머니즘 집단들이 교만과 탐욕으로 돈을 좇으며 나무를 베고 지나친 개발과 도시화를 했다. 그 결과로 우리 모두는 인류의 위기에 직면해 있다.

전 세계 돌과 나무를 숭상했던 사람들이 동, 서, 남, 북으로 여행하며 서로 결혼을 해서 혈연이 되었다. 그래서 여행을 즐기게 되어 여행자 유목민이 되었지만 처음부터 여행을 즐겼던 것은 아닐 것이다. 내 조상의 뿌리를 찾아 알타이에 가 보니 산, 강, 호수가 많아 아름다운 곳이었다. 나무들은 울창했고 물빛은 비취색이었다. 그들은 여전히 똑같은 삶의 방식을 고수하고 있었다. 여름 1~2개월은 물가에서 캠핑을 하다가 내가 간 8월 말 즈음에는 텐트를 걷고 모든 장비를 말에 실은 채 산 위로 올라가고 있었다. 알타이로 가는 길은 비포장 도로로 험했지만 풍경은 수려하고 사람들은 따뜻했다. 음식과 술이 맛있었다. 여름이어도 밤에는 너무 추워 잠을 잘 수가 없었다. 우리 여행객 7명은 식당에 와 음식과 술을 시켰다. 50도가 넘는 술이었는데 향이 너무 좋아 입이 절로 술잔으로 향했다. 태어나서 처음 그렇게 도수가 높은 술을 마셨는데 얼마나 맛있던지 작은 잔으로 3잔 정도 마신 것 같다. 맛있는 음식과 함께 먹으니 말 그대로 술이 절로 술술 들어갔다. 몸이 따스해져서 방에 들어가 금방 잠들었는데 아침에 일어나니 숙취가 전혀 없이 머리가 아주 맑았다.

"아! 우리 조상들이 이렇게 훌륭한 술을 만들어 냈구나!" 감탄했다.

추위를 극복하기 위해 인간은 알코올 도수가 높은 술을 발명했다. 술을 잘 만들기 위해 좋은 증류 장치가 필요했다. 거기서 화학이 발달하게 된 것이다. 러시아인들도 보드카를 마신다. 캐나다인들은 보드카에 레모네이드를 섞어 마신다. 추위는 술로 극복했으나 더위는 쉽지 않다.

오존층이 파괴되고 기후 온난화가 심해지면서 빙하가 녹고 해수면이 올라가고 수증기가 다량 생겨 폭우가 내린다.

뉴질랜드에서 1개월 머물 때 오클랜드에서 매일 새벽 산책을 했다. 샤머니즘 집단들은 샤먼들의 탐욕으로 대부분의 사람들은 굶주림에 허덕여야 했다. 그래서 그 집단 사람들은 아침에 만나면 "밥 먹었냐?"부터 대화가 시작된다. 반면에 여행자 유목민들은 기후, 날씨 얘기를 한다. 기후 때문에 늘 이동을 해왔기 때문이다. 96년 엄마와 뉴질랜드에 갔을 때 누구도 기후 얘기를 하지 않았다.

10년 후 산책에서 만난 오클랜드 시민들은 이구동성으로 기후 위기를 걱정하고 있었다. 몇 년 전에 비해 습도가 많이 올라가고 있다 했다. 20년 전부터 전 세계인들은 기후 위기를 걱정하고 있었는데 정치권의 대응은 느렸고 앞으로는 할 수 있는 것이 없으면서 세금만 쓸 것이다.

소수 인간의 교만과 탐욕이 인류의 종말을 앞당기고 있다. 자연보호와 생명보호 철학을 지키지 않았기 때문이다.

이 나이가 되어서야 내 인생의 모든 인연은 하나님과 예수님으로부터 비롯된 것임을 깨닫게 되었다. 평생 한 번 만난 인연들과 헤어질 때는 다시는 못 보겠다 싶어 슬퍼지기도 하고 마음이 복잡해지기도 했다. 아쉽고 아련한 마음이 그리움이 되었다. 그 그리운 마음을 글로 담았다.

언젠가 우리 모두 "하나님 나라에서 만나 행복하게 영생할 것이다."라는 강한 확신을 가지고 있다. 우리 가족은 모두 하나님을 믿는 크리스천이다.

하나님, 예수님을 전혀 몰랐던 독자들은 관심을 가져보고 믿음이 약했던 독자들은 내 책을 읽으며 믿음이 커지길 바란다.

하나님께 자기 인생을 온전히 맡긴 채 스스로 노력하면 꿈을 이루고 행복한 인생이 되고 저 생에서도 하나님 나라에 들어가 행복한 영생이 됨을 여러분도 믿었으면 좋겠다.

책이 많이 판매되어 소년, 소녀 가장을 위해 기부를 할 수 있었으면 좋겠고 그렇게 된다면 (2)권도 출간하고 싶다.
부족한 글 읽어주신 모든 분들께 위로, 감사, 축복을 보낸다.

"God bless you!"